上海文学名家文库·40后卷

王小鹰

上海市作家协会致敬文学　　王小鹰 ◎著

王小鹰自选集　**懒画眉**

百花洲文艺出版社

图书在版编目（CIP）数据

王小鹰自选集：懒画眉 / 王小鹰著. –– 南昌：
百花洲文艺出版社，2020.1
（上海文学名家文库.40后卷）
ISBN 978-7-5500-3563-8

Ⅰ.①王… Ⅱ.①王… Ⅲ.①中篇小说 – 小说集 – 中
国 – 当代 Ⅳ.①I247.5

中国版本图书馆CIP数据核字（2019）第284744号

王小鹰自选集：懒画眉

WANG XIAOYING ZIXUANJI：LANHUAMEI

王小鹰　著

出 版 人	章华荣	
责任编辑	郝玮刚	
书籍设计	方　方	
制　作	何　丹	
出版发行	百花洲文艺出版社	
社　址	南昌市红谷滩新区世贸路898号博能中心一期A座20楼	
邮　编	330038	
经　销	全国新华书店	
印　刷	江西华奥印务有限责任公司	
开　本	720mm×1000mm　1/16	印张 11.5
版　次	2020年1月第1版第1次印刷	
字　数	160千字	
书　号	ISBN 978-7-5500-3563-8	
定　价	33.00元	

赣版权登字　05-2019-417

邮购联系　0791-86895108
网址　http://www.bhzwy.com
图书若有印装错误，影响阅读，可向承印厂联系调换。

目 录

懒画眉

1

母亲在朱蓓蕾少女时候就叮嘱过她："女孩子要紧的，万不能一点小事体就窝在心里头作梗发酵，那样面孔上就会长雀斑，黑籽麻饼一样，五官再端正也不好看了。"

朱蓓蕾长得眉清目秀，加之皮肤又白，打小起就是弄堂里出名的美人胚子。也是因为长得好，被众人宠成了重不得轻不得的小姐脾气，常因一丁点事不顺心，便怄气，不吃不喝抹眼泪。母亲就拿长雀斑的话来吓她，好让她改改她的小肚鸡肠。

这一日，朱蓓蕾下了夜班，到医院集体宿舍的淋浴房冲了个澡。对着水汽氤氲的镜子涂抹护肤霜时，忽然发现自己下眼窝黑沉沉的两摊龌龊，怎么搓也搓不去。慌忙抽了两张纸巾抹干镜面上的水雾，凑近了再看，吓了一大跳：竟是密匝匝细小的雀斑集簇成的色素沉淀。两只巴掌倒了许多美白爽肤水在眼睑下拍打了一阵，又涂上一层美白精华霜，再挑了一大坨美宝莲BB霜遮盖上去，那两团色素才隐淡了。做完这一切，朱蓓蕾不由得长叹一声，近来，被那桩事体纠缠得寝食不安，面孔上不长雀斑才怪呢！

朱蓓蕾医专护理专业毕业直接就分到市中心一座著名的三甲医院当护士。朱蓓蕾的老公原是总工会的一名科级干部，年前调任总工会下属职工疗养院总经理。他们俩的独养女儿已上中学，长得跟朱蓓蕾年轻时一般乖巧可爱。他们虽然不是大富大贵人家，却温饱有余，家庭和睦，小日子过得平平安安顺顺当当，朱蓓蕾还会因什么事体寝食不安呢？

这桩事体朱蓓蕾自己都觉得说不出口，又怕人笑话，又怕人眼红，便闷在肚子里，开始连老公都不告诉，独自绞尽脑汁想对策。

2

朱蓓蕾搭乘地铁回家，进小区已是早上八点钟光景了。不断有匆匆上班去的邻居跟她打招呼，她只哼哼哈哈敷衍着。

朱蓓蕾的家在近郊一座新兴的小区里，是上个世纪九十年代市政府动迁时搬过来的。才来时，周围一片荒芜，什么店家都没有，买棵葱也要乘几站公共汽车。只十多年工夫，却已是高楼林立，商铺比肩，俨然繁华闹市了。

四层楼的两居室，南北通透的客厅，厨房卫生再加向南的大阳台，朱蓓蕾对自己的家十分满意而珍爱。医院的护理工作要日夜倒班，再忙再累，她总把家收拾得窗明几净纤尘不染，打蜡地板锃亮可鉴。她也效仿时尚，凡来客，必在门厅里脱鞋换拖鞋。早些年，父母健在时，蓓蕾接双亲来新居小住，偏就父亲不肯脱掉脚上换了几次掌底的旧皮鞋。蓓蕾拗不过他，只好拿了两只塑料袋套在他皮鞋外面，气得父亲当下就走，再不肯上她家来了。后来母亲告诉她父亲脚上的袜子不是露脚趾就是裂后跟，他怕难为情，才不肯脱鞋。父母亲节省了一辈子，轮到好享儿女福了，却又相继去世。想到这些，朱蓓蕾心中会泛起淡淡的伤感。

朱蓓蕾到了家门口，不揿门铃，掏出钥匙开门。她晓得这种时候家中不会有人。女儿上高二，是十分关键的一年。学校每天早上七点半就要早自习了。老公的职工疗养院位于青浦淀山湖边上，一个月只有一次休假。有时候要接待团体会议之类的重要任务，便连续几个月不能回家了。

朱蓓蕾进屋先去厨房看看，不出所料，灶头水池中杯盘狼藉；又转去女儿的小房间，果然也是凌乱不堪，被褥团成一堆，衣裳东一件西一件耷拉着。朱蓓蕾苦笑着摇摇头。如今的青春小少女走到外面穿着都光鲜亮丽，在家里却都是父母的小宠物，手从来不碰擦布扫帚，连闺房也不晓得打理。朱蓓蕾虽是嗔怨着女儿的懒，却仍旧心甘情愿地帮女儿收拾残局。日日都是这样，朱蓓蕾早就认命了，并且还为能有个女儿让她操操心而感到充实。

朱蓓蕾轻车熟道手脚爽快地收拾整齐了厨房和女儿的闺房，又用干拖把团团圈圈抹了一遍地，前后左右巡视了一圈，整个家在早晨透明的日光中洁净而冷清。接下来应该为自己做点早餐吧？她从冰箱里掏出了隔夜的冷饭还有酱瓜腐乳皮蛋，嗅了嗅又将它们塞回冰箱了。胸口里面堵满了东西，一点胃口都没有。接下来做什么呢？当然应该睡觉去，今晚上还要上一个夜班呢。于是折回自己房间，掀去床罩，一屁股坐在床沿上。脑袋却清晰得像一件色彩明丽的粉彩瓷器，哪有丝毫睡意？

那只黄地粉彩福寿纹茶壶，父亲一直双手捧着，把玩着，时不时凑着那黄腊腊鸭脖似的壶嘴美滋滋地呷一口茶，这是父亲晚年的常态，踱方步、晒太阳、看电视，甚至打瞌充（上海方言，打瞌睡），壶都不离身。

那壶，明黄底色，一侧画着三颗水红粉白的寿桃，衬在葱翠嫩绿的桃叶中；另一侧画着两只褐红的蝙蝠，振翅欲飞的样子。这一掬满满的色彩斑斓，映着父亲灰脱脱的衣襟，愈发地夺人眼球。

近来，这把壶总是在朱蓓蕾眼前晃来晃去，浓艳绚丽的色彩搅得她心神缭乱。原来，就是父亲这把茶壶纠缠得她寝食不安啊！

3

　　父亲是老胃病了，最终被确诊是恶毛病时，坏细胞已经转移到其他器官，医生也无力回天，父亲在病床上挣扎了三个多月就撒手人世了。

　　父亲是个很吃硬的人，总是不想打扰小辈。家人看他每每把那把漂亮的粉彩壶压在胸口，还当是他珍爱那壶呢。后来才晓得他是借那把壶里的热气缓解胃的疼痛。有一次他力气用得太大了，壶把手都拗断了。是母亲用块白胶布把那截断了的把手粘了上去。

　　父亲去世后，母亲终日郁郁寡欢，将父亲留下的这把断臂粉彩壶宝贝似的护在怀里，面孔在壶身上蹭啊蹭啊，蹭得那三颗寿桃沾了雨露般鲜活，两只蝙蝠在月色朦胧中苏醒过来似的。

　　朱蓓蕾关照母亲，不好用父亲这只壶喝水的，父亲生的是恶毛病，当心有病毒，要传染的。母亲哪里肯听她的？偏偏要用父亲的壶喝水。两年后，母亲终于如愿以偿到天堂与父亲团聚去了。

　　朱蓓蕾的哥哥从西安交大毕业后就留在当地工作，并在那里成了家。待母亲去世，朱家老屋就没人住了。老屋位于八仙桥附近一条老式里弄里，是一座三开间石库门住宅二楼的东厢房，虽只有十五六个平方米大，却十分敞亮，向南一长排木槛窗、花格、木枢纽。房子已十分陈旧，地板墙壁都已皲裂，厨房卫生又是上下几户人家公用，十分不方便。朱蓓蕾却对它很有感情，因为她是在这间东厢房里长大成人的，直到结婚才离开它。每到休息日，朱蓓蕾便会换乘两部公交车去老屋扫洒一番，推开木格窗通通风，听那木枢纽吱吱喽喽地哼吟着，那是她儿时听惯了的催眠曲。

　　不久，父母的老屋也轮到动迁了，据说是香港一家财大气粗的企业要在这块黄金地盘上打造一座集商业与娱乐为一体的新天地。弄堂里有些人家哪里肯爽爽气气跟动迁组签合同？趁机谈斤头，要求多分房或者多分钱。朱蓓蕾的哥哥在电话里关照她，不要学那些小市民分斤劈两的腔调，政府是有政策的，不会让老百姓吃亏的。哥哥是西安一所设计院里的高级工程师，大小也是个部门负责人了。哥哥还说，动迁得的钱他一钿不要，全留着，给外甥女儿以后出国留学用。这让朱蓓蕾感动得哽咽住了，一个"谢"字都吐不出来。哥哥比朱蓓蕾年长了十多岁，哥哥的儿子是去年考取美国一所大学的研究生，而且还获取了奖学金。朱蓓蕾便常常以此来勉励自己的女儿要努力学习。朱蓓蕾从小崇拜哥哥，十分听哥哥的话。于是，朱蓓蕾成了弄堂里头一个跟动迁组签约的居民。

虽说父母并没有什么值钱的东西留下来，朱蓓蕾整理老屋也花了她三四个休假日。卖的卖，丢的丢，让她看得上眼值得留用的家什没有几件。父亲没发病前喜好养花弄草，顶楼公用的晒台一角，有父亲侍弄的十多盆花草，都是些贱养易长的寻常草木，蔷薇啦，杜鹃啦，凤仙啦，还有一棵铁树，不理不睬也日长夜大的。楼里的邻居到晒台来晾衣物，有人有时会夸赞几句父亲养花养得旺，是有福之人，父亲便孩子般地开怀大笑。父亲病倒之后，无人管理这些花草了，便陆续地枯萎下来。晒衣服的邻居都嫌这些空花盆碍事，便将它们七歪八斜地摞在墙角。看见朱蓓蕾来清理老屋，便对她说，"蓓蓓啊，这些花盆你最好也处理掉，你们那边新公房总归有独用的晒台的，拿过去种种花种种草还能派上用场。"朱蓓蕾寻思，自家的阳台已经用塑钢窗封死，做了老公的书房，将这些花盆五斤哼六斤地拎回去也没用，又没地方堆，便找出一只旧纸箱，将花盆摞进去。看看还有空处，厨房里有一些油腻嘎叽的锅碗瓢勺，她也不想要了，便一把塞进纸箱，其中就包括父亲的那把明黄底粉彩福寿纹茶壶。

在处理这把壶时她稍有些犹豫，毕竟是父亲的心爱物。可是，当她从碗橱的角落里摸出那把壶时，不禁皱了皱鼻子。那壶因经久没人使用，壶身上蒙了层乌亮的油腻，壶嘴望进去黑洞洞的，厚厚的茶垢上长出一簇簇的绿毛，散发出一股霉味。壶把上的胶布早已脱落，那截残肢也不知去向。这么把破壶，再保存着有什么意思？说不定还会把病菌带进自己整洁干净的家。这么一转念，她便决定舍弃它，随手掼进旧纸箱里了。

朱蓓蕾拎起纸箱一角试试，还蛮沉的。她正犯愁，如何将这一纸箱盆盆罐罐的送到弄堂口的垃圾箱去呢？但听得楼板极力搁落响了一通，有人上晒台来了。朱蓓蕾便候着，若是熟悉的邻居，正好相帮她把纸箱抬下去。

声音比人先到："蓓蓓，你还没走啊？这一会马路已经堵得要命了呢。"

朱蓓蕾一见来人便喜了，道："唐老师你来得正好，帮我把这箱垃圾抬下去好吧？"

唐老师高挑个头却精瘦干瘪，一件灰兰对襟羊绒衫套在她身上，像吊在衣架上似的。窄窄的面孔上架着一付无框深度近视眼镜，看上去像是朱蓓蕾长一辈的人，其实只比朱蓓蕾大不了几岁，跟朱蓓蕾是从小一起踢毽子造房子玩大的闺密。唐老师大名叫唐亚娟，师专毕业后在一所初级中学当数学老师，弄堂里许多人家的小孩请她补过课，所以大家都喊她唐老师。朱蓓蕾少小时候称她亚娟姐，后来自己女儿上学了，自然也要请唐老师补课，便随众人改口喊她唐老师了。

唐老师探头朝纸箱望望，又伸手倾零哐啷翻拨了一下，中指推推眼镜，道："这么好的花盆你要丢掉啊？"

朱蓓蕾道："我们家没地方种花，往哪儿放呢？"

唐老师便道："你丢给我好了，这回我分到一套底层的房子，前头有块豆腐干大小的天井，正好派上用场。"唐老师住在这座石库门的三层阁里，也是她父母的房子。唐老师近三十岁才谈婚论嫁，男方家也逼仄，没有多余的房间让他们结婚。唐老师的父母便双双去了养老院，让出三层阁给女儿做婚房。唐老师这回也是头一批就跟动迁组签约的户头，这些年她吊在三层阁里吊怕了，就想接接地气，所以选了大多数人家不愿意要的底层房屋。

朱蓓蕾双手合十，笑道："物尽其用，太好了，要不我们把那几个破锅子拎下去捧捧掉？"

唐老师道："放着放着，你就不用操心了。隔日我把好派用场的盆挑出来，不要的东西叫我们家老孟去摔。"唐老师的丈夫姓孟，成天喜欢"之乎者也"地显摆他肚子里的墨水，于是弄堂里的人都叫他"孟夫子"了。唐老师又道："帮我把被单收收，就在我们家吃了晚饭再走，正好避开马路上车辆的高峰。巧了，我煲了一锅老鸭汤，是你爱吃的。"

朱蓓蕾忙道："不了不了，巧巧今天在家，等着我给她做晚饭呢。"

唐老师一边收被单，一边问道："巧巧这学期年级统考多少名啊？"

朱蓓蕾帮着叠被单，道："这学期名次上去了，进了一百名以内了。亏了你帮她补的数学，拉了不少分。"

唐老师道："巧巧脑子还是活络的，不像有的小孩子，讲上去像石头丢在烂泥墙上，回音也没有一个。"

她们俩边说边走出晒台，一个要上三层阁，一个要下楼了。唐老师一脚踏在楼板上，回头道："巧巧是马上要中考了吧？抽个空我再帮她理一理初中代数几何，考上高中是没问题的，再努力一把，说不定能拼进重点。"

朱蓓蕾已下了一级楼梯，仰头道："唐老师，我家巧巧的中考我就拜托你了。"又下了一级楼梯，忽想起什么，侧转身子道："唐老师，那纸箱里还有一只断臂茶壶，是我爹爹用过的。当喷壶浇浇花还可以，万不可入嘴，怕有病菌。"

唐老师应道："是朱伯伯常用的那只粉彩壶吗？我见过，蛮漂亮的，待我看了以后再说……"声音未落地，人已不见了。

后来，朱蓓蕾千百遍地回想那一刻的情景，百思不得其解，当时自己的脑筋是不是出了毛病？为什么要特为提醒唐老师有这只壶的存在呢？日后想起，朱蓓蕾每每恼悔得恨不得搧自己耳光。

4

准确地说，朱蓓蕾近来的烦恼是因偶尔看了一档电视节目引起的，这档节目就是中央电视台热播的《百家讲坛》。

朱蓓蕾平素从来不看这档节目。护士工作很辛苦，要翻三班，下班回家除了必要的家务，就是抓紧时间睡觉，连社会上很热门的电视连续剧她也没劲头看了。

那一日恰巧老公休假回来，朱蓓蕾下了夜班，稍微在床上眯了一会，便起来洗切煎炒，弄得满屋子醉人的香味。老公一个月才休假一次，朱蓓蕾尽心尽力翻着花样为他做好吃的小菜。油面筋塞肉炖白菜，芹菜丝炒鱿鱼，萝卜丝红烧带鱼，葱油芋艿，外加一碗小排山药汤，一只只菜碟端上来，都是老公爱吃的小菜。女儿上学中午是不回家吃饭的，朱蓓蕾特为温了一小壶绍兴女儿红，跟老公对斟对酌，你揩我一筷，我添你一勺，恩恩爱爱，叙叙家常，这就是朱蓓蕾的幸福时光。

老公姓乔，弄堂里的人先是背地里称他为"朱家贵婿乔老爷"，因从前有部著名的喜剧电影就叫《乔老爷上轿》。后来大家叫得顺了，当面也叫他乔老爷，连妻子和女儿有时也戏谑他乔老爷了。

乔老爷有滋有味喝了两盅女儿红，看看时钟已近一点，忙放下筷，将电视机打开了，说是《百家讲坛》节目开始了，他是一集也不肯落下的。乔老爷大学上的是历史系，虽则后来到机关工作，但对历史文化还是情有独钟。朱蓓蕾因老公难得回家，万事都顺着他，便陪他一起观看。

朱蓓蕾记得，那天坐在百家讲坛上的是一位长脸小眼睛的中年男士，老公告诉她，此人姓马名未都，可是位了不得的草莽英雄。二十世纪八十年代初，芸芸众生对古代艺术品还浑浑噩噩弃若敝屣的时候，他已经开始收藏这些宝物了。如今，他开办了中国第一家私立博物馆，并且著书讲学，传播中华文明。

马未都先生用通俗有趣的历史故事讲解中国古代瓷器的发展历史，乔老爷一边听一边还做笔记。朱蓓蕾却似懂非懂，因欠睡，还不停地打哈欠……忽然，眼门前锦绣一片，把她给唤醒了——原来电视荧屏上出现了一只漂亮的橄榄形瓷瓶，瓶肚上一只遒劲曲折的桃枝上颤颤巍巍悬垂着数颗蜜黄水红的熟桃，皮下的蜜汁似乎要迸淌出来。

朱蓓蕾心底一动，这幅图案似曾相识，入目为何那般亲切熨帖？待瓷瓶徐徐转至侧面，赫然见一只绛红的蝙蝠。朱蓓蕾弹簧般从沙发上蹦起来，手指戳着电视屏幕，叫道："它它……它！"

乔老爷急道："它什么呀，别挡住我好吧？"

朱蓓蕾也急了，跺下脚，道："它跟我爹爹那把茶壶上的花纹一模一样，只多了几只桃子呢！"

乔老爷笑道："中国画里一样的图案是很多的嘛，特别画到瓷瓶上，一般都会模仿来模仿去的。你坐下，听马老师讲下去呀。"

朱蓓蕾激动不安地坐回沙发，紧张地盯着荧屏，那位被老公崇拜得五体投地的马老师微微含笑吐出的一句话："……2002年中国古董艺术品春季拍卖会的最大新闻，就是香港苏富比拍卖的这只粉彩福寿纹橄榄瓶，成交价是4150万港币……"

犹如一支利箭嗖地射入她的耳膜，脑袋轰地就炸开了。不晓得多少时候，也许好几分钟，也许仅仅几秒，朱蓓蕾是没有知觉的，待她回转神来，心口就突突突地跳得厉害。她不露声色入定般呆坐着，却视而不见，听而不闻。久违了的父亲那只断了臂的茶壶，如同盛暑当午的太阳呆呆地悬在她头顶上，她闷闷地问自己：这只瓶卖了4150万元港币，爹爹的壶图案跟它一模一样，不过少了几只桃，个头略小了一些，一千万港币总归值得吧？一千万港币啊！

电视屏幕上，马先生眼睛眯成一条缝，笑着跟观众们道声再见，乔老爷意犹未尽地叹道："马老师真是有学问，见识广啊。"又道："可惜我在单位没时间看全这档节目，听讲马老师出了书，去当当网搜搜看，买本书回来学习学习。"

朱蓓蕾突然道："刚才马老师说了吗？那只带桃子的瓶是谁买走的？"

　　乔老爷想想道："好像说是一个企业家买下的，否则谁有这么大的力道？后来他捐给了上海博物馆。对了，有空的话带巧巧去博物馆参观参观，增加增长知识。"

　　朱蓓蕾忽地又没了声息，她很想把心里面嗖嗖嗖冒出来的懊丧悔恨和蠢蠢欲动的企望咕噜噜吐给老公听，可是她终于没张口。她生怕老公耻笑她没文化，有眼不识宝物。

　　乔老爷赔笑脸道："老婆，你晚上还要值夜班，我们不如现在抓紧时间睡一会，巧巧五点钟之前不会回来的吧？"

　　朱蓓蕾体会得到老公的心思，夫妻俩要个把月才小聚两日，老公自然是想跟自己亲热亲热啰。便依着他，宽衣解带，钻进被窝。

　　乔老爷百般温存，要在往日，朱蓓蕾早就化成一滩水了。可这一日她却怎么也兴奋不起来，只是由着他，敷衍了事而已。她的脑子却一刻都没有息停过，数年前，在父母家的晒台上发生的那一幕，轰轰然击穿岁月的尘埃，纤毫毕露地横亘在她眼门前，就像戴着眼镜看惊悚的3D电影一般。当年那个傻大姐似的朱蓓蕾，无知地将父亲留下的宝物当垃圾丢进了废纸箱，慷慨大度地送给了唐老师，还特地关照着，不要用那把壶喝水噢，当心有病菌……唐老师是怎么应答的呢？对了，她胸有成竹道："是朱伯伯常用的那只粉彩壶吗？待我看了以后再说！"要命的是，唐老师那时候就晓得那壶是粉彩瓷了。朱蓓蕾却是今日听了马先生的讲座，方才知晓粉彩瓷在中国陶瓷发展史上的重大意义，它是唯一能够挑战霸主青花瓷的强劲对手啊！她要早晓得，打死也不会丢掉那只壶的，哪怕上面沾满病菌！

　　乔老爷完事后便酣然入睡了。做护士工作的女人大都有洁癖，平素，房事完，朱蓓蕾一定要里外清洗一番才肯入睡，此刻她破天荒一动不动地躺着，死死地盯着天花板，她看到的是父亲捧在手中的那一掬色彩斑斓！

　　朱蓓蕾琢磨着唐老师说最后那句话背后的涵义，愈想愈是焦躁不安。唐老师是数学老师，脑筋不要太活络噢，她的老公，那位道貌岸然的孟夫子，下海办公司前是工艺美术工场的销售员。他们夫妻俩才不会像自己这般愚昧呢。他们肯定一眼就看出那个壶的价值了，孟夫子有销售渠道，说不定已经将壶变卖了呢！

这么一想，朱蓓蕾的心痛得丝丝吸冷气，白痴！弱智！二百五！朱蓓蕾搜寻最恶毒的词汇骂自己，还狠狠地掐自己的大腿，掐得乌青块都出来了。可是，再严酷地惩罚自己又有什么用？不成自己就这么成天被无尽的悔恨折磨着，憋憋屈屈地打发日子。

"不！"朱蓓蕾从心底迸发出的声音，很响，惊动了梦中的老公。乔老爷呼地仄起身子，问道："老婆你怎么啦？"

朱蓓蕾作出懵然无知的口吻，嗔道："你做梦做到什么啦？一惊一乍的！"

乔老爷嘿嘿一笑，扑通又仰倒了。

朱蓓蕾痛定思痛，将近几年自己与唐老师交往的过程有条不紊地分析了一番，慢慢的，心便平复下来。她和唐亚娟是从小一起长大的小姐妹，相处密切而又默契。说实在，她不相信唐亚娟真得了自己那么大的好处会一声不吭？真会在言谈举止中掩藏得密云不雨？回想起来，唐亚娟近两年一直在抱怨自己的房间太小。当初她的三层阁换了底层一室户的动迁房，他们夫妻结婚多年没有生养，夫妻两人住住也还过得去。后来要她补课的学生越来越多，如果多一间房间，或者有个客厅，她就可以在家里开小班，又可多收学生，又省了租教室的费用。唐亚娟也动过换房子的脑筋，她辅导学生积下一笔钱。可她家的孟夫子辞职下海开公司，要有启动资金，结果将她的积蓄全部投了进去，却血本无归，唐亚娟就是为了这桩事情跟孟夫子吵得差点离婚。朱蓓蕾心想，如果唐亚娟已将那壶变卖，赚了大钱，她早就可以换大房子，也不会跟孟夫子吵得不可开交了。如此看来，唐亚娟还没有把壶卖掉，也许，他们并没有识透粉彩瓷壶的价值连城？也许，她真就用它做了浇花的水壶？也许，他们还在等候识货的买家？也许，那只壶早已被他们丢弃在哪个犄角旮旯里了？这种种"也许"都有可能发生，唯有问过唐亚娟才能知晓真相！

这么一想，朱蓓蕾躺不住了，一掀被子坐了起来。乔老爷哼哼地问道："几点了？巧巧回来了吗？"

朱蓓蕾道："你再睡会，巧巧回来了我喊你。"将被子替他塞严实了，自己迅速穿上衣裤，跑到客堂间，拨起话筒，滴滴滴滴摁了几个数字，忽又停住，啪，摔下话筒！

朱蓓蕾呀朱蓓蕾，再不可冒冒失失做戆大了。你怎么开口跟唐亚娟提那只壶的事？当初又不是人家强讨强要的，事情又过去了好几个年头，突然要问人家讨还，会不会反而引起唐亚娟的猜疑？唐亚娟可不是弄堂里只晓得跟菜贩子为一手两手铜钿纠缠不休的婆婆妈妈，她是数学老师，脑袋比不上一台计算机嘛，总可当得一把算盘吧？她若意识到那把粉彩壶的价值，哪里还肯爽爽气气将壶还给自己？必定要想出个万全之策，既可表明自己的意图，又不能让对方起疑心啊！

朱蓓蕾在电话机旁苦思冥想了半天，也没想出个好主意，直到巧巧下学回家，老公胡乱套了件T恤衫，就跟女儿头挨头坐在电脑桌前打游戏了。平素朱蓓蕾是严禁巧巧玩电游的，老公回来休假，便开放了。朱蓓蕾暗自叹口气，起身洗菜做晚饭。

5

朱蓓蕾设想了多种方案去向唐亚娟要回那只壶，譬如，装作讨教养花草的经验去唐家，要作出很无心的模样随意道："哦哟，这只壶浇浇花倒蛮方便的，我拿回去用喽！"可是，万一唐亚娟没有用这壶浇花呢？又譬如，买一串大闸蟹拿到唐亚娟家，只称是老公从青浦度假村带回来的，巧巧她们小少女嫌烦，不爱吃，自己一个人吃不了，要跟唐亚娟夫妇共享美味。然后就有理由进唐家厨房察看究竟，借机要回那只壶。可是，万一唐亚娟没有把壶放在厨房里呢？岂不是枉费了那么多钱买螃蟹！

朱蓓蕾为此事纠缠得寝食不安，下眼窝处都冒出了一片雀斑，却仍没想出几句自然妥帖又万无一失的言词来。这日又轮到她上夜班，早上，下了班回家，按理是该定定心心睡上一觉的，却哪里定得下心来？坐在床沿上发了一会呆，却听得电话铃声"得啦啦……得啦啦……"叫救命似的响起，朱蓓蕾悚然跳起，抓起话筒就叫出声："是唐老师吗？"她如今已似惊弓之鸟般了！

"蓓蓓，你心里只有个唐老师对吧？不过，你可不能霸占唐老师哦。你家巧巧明年要考大学，我们阿龙也要升高中了呢！"话筒中爆出的声音括辣松脆，像撒了一地的铜钱，随即又飞出一串哗哗哗的笑声，下了场倾盆急雨一般。

朱蓓蕾自然听出来了，没好气道："金娣，痴头怪脑的！谁敢跟你抢唐老师啦？再说唐老师已经教不了我们巧巧高中的数学了。你呀，把个唐老师当作城隍菩萨般供着，关键还是要小孩子学得进才好呢。"

金娣又哗哗哗地笑起来："我们阿龙哪有你们巧巧聪明呀？不过唐老师可不是尊慈眉善目的菩萨，我们阿龙回来讲，唐老师上起课来像城隍庙里的四大金刚，凶神恶煞，小孩子都怕她。"

朱蓓蕾心里面哼了声，当了面把唐亚娟捧成王母娘娘一般，背后头就这般损她呀？嘴上道："当老师是要凶点好，都像爹娘般宠，小孩子哪里肯听她？"

金娣忙道："我是讲唐老师好嘛，所以才把我们阿龙托给她呀！好了好了，言归正传，下午碰头，你把你们巧巧高一时的课本带过来好吧？我让阿龙先读起来。"

朱蓓蕾狐疑道："下午碰什么头？"

金娣喉咙哇地响起来："朱蓓蕾，你脑瘫啦？今天是什么日子？上半年的聚会你也没有来，你是想跟我们绝交啊？"

　　朱蓓蕾一惊，扭头看挂历，果然已是十月末尾了！忙冲着话筒道："你不晓得最近我夜班多，日夜颠倒，日子过得木知木觉（吴语词汇，指感官不灵敏、失去知觉）。你不要穷凶极恶喊，弄得我耳朵都痛了。待会我找找看，有些课本巧巧复习要用，用不上的下午我先给你带去。"

　　金娣哗哗一笑，紧忙压低些声，却斩钉截铁道："淮海路武康路口的喜客咖啡厅，不准迟到一分钟！"又笑道："最近买了什么新款衣裳？穿过来欣赏欣赏噢。"

　　原来，这位叫金娣的，也是朱蓓蕾父母老屋弄堂里的邻居。金娣的父母是援疆知青，金娣从小是跟爷爷奶奶长大的，初中毕业就辍学，到一爿剃头店学手艺，后来就自己开了家"金艺发型设计工作室"，其实就是小小一个理发店，十几平方米的地方，两把理发椅，一只洗头池而已。金娣家的老屋是街面房子，整条弄堂都动迁了，独独留下沿街的两幢，说是保护老街区的风貌。所以金娣一家至今仍旧住在市中心，爷爷奶奶早过世了，底层一统厢房，前店后屋，金娣一家三口倒也很实惠。

　　朱蓓蕾和唐亚娟青春少女时代就要好起来，她们家境相仿，一个上医专，一个上师范，在这条老弄堂里也算得出挑了。她们起初都有点看不起金娣，总是觉得剃头店里女人有点不干不净。后来金娣自己的理发店开起来了，弄堂里有了点口碑，说金娣手艺不错，且服务态度好，价钱便宜，还能赊账。于是朱蓓蕾和唐亚娟也试着去金艺发型工作室做头发，果然很称心。金娣对她们也是倾慕许久，为她们打理头发分外尽心。一来二往，三人便成了无话不说的闺密。朱蓓蕾长得好看，追她的人很多，也是三个人中头一个谈恋爱的。每次跟男朋友出去约会，次日便一五一十地向两位小姐妹汇报，金娣和唐亚娟会帮她出主意，下次约会该如何如何的。轮到金娣谈恋爱，朱蓓蕾和唐亚娟都是反对她跟从安徽来上海做装潢生意的阿施交往，无奈阿施追得紧，金娣一不小心就成了他的人。唐亚娟临近三十还没有对象，朱蓓蕾和金娣自然为她着急，四下打探合适的人。还是阿施在为工艺美术工场的门店做装潢时认识了才离婚不久的孟夫子，金娣见他谦谦君子儒雅模样，人又活络，便介绍给了唐亚娟。一个要寻老婆，一个急于嫁人，两人一拍即合，倒成了一段姻缘。金娣每每以唐亚娟大媒人自居，硬让儿子阿龙认了唐亚娟的干妈。

她们这条弄堂拆迁造大商场，三个闺密就此东西南北地住开了。开始都怅怅然依依难舍，便相互约定，每季度定规要碰一次头。时间约定三月六月九月十二月的头一个礼拜天下午；地点挑来挑去挑中淮海中路思南路口的仙踪林茶室，一是此地于三个人的住址交通都很便利；二是此茶室下午茶有无限畅饮的优惠。

头一年头一次聚会，三个人都早早到达仙踪林。朱蓓蕾特为穿上新买的黑色长丝绒薄大衣，里面是枣红的羊绒套衫配上一袭银灰开司米的长裙，原就身材婀娜，愈发地风致韵绝仪态万方了。金娣拖住她又恨又爱地叫道："蓓蓓，你还让不让我们做女人啊？"其实金娣也是精心挑选的衣裳，橙黄红绿自由花蝴蝶袖毛衣，头颈里套了两串闪闪烁烁叮叮当当的长项链，真像一只飞来飞去的花蝴蝶；唐亚娟虽还是老派的衣衫，可头发明显修饰过了，膨膨松松，还拉出一绺刘海来。总之她们都非常看重这次聚会，都有一肚子话要倾诉，话题一个还没结束，另一个就抢先开始了。她们的茶水续了又续，都淡得没味道了，可她们的兴致却一直浓郁。直到天擦黑，橱窗外霓虹灯路灯呼啦啦都亮起来，系着花格子围裙的女招待客客气气对她们说，小姐，我们店下午茶结束了，你们要不要点晚餐呢？她们方才磨磨蹭蹭地离席，又互相叮咛，下次聚会别忘了哦！

第二次聚会是在六月，朱蓓蕾的女儿和金娣的儿子都面临期末考试，两个人在席间就有点心神不宁，唐亚娟也说晚上有学生来补课，不能坐太久。于是天南海北闲扯了一通，只续了两潽茶就散了。下半年的两次聚会愈是不成气候，不是这位迟到，就是那个早退，各家都有各家的烦心事。她们倒还能互相体恤，大家一商议，都说聚会还是要聚的，只是把每季度聚一次改为半年聚一次，放在五月和十月的最后一个礼拜天，地方也改到武康路附近的喜客咖啡店。因为那家仙踪林不能承受淮海路年年涨价的房租，已经关门打烊。而这家喜客价钱虽贵些，但环境幽雅，更重要它也有下午茶无限续杯的优惠。

这一年五月份末尾的那个礼拜天，正巧乔老爷休假在家。朱蓓蕾权衡了一下，老公赚钱养家这么辛苦，难得回家，不陪陪他，真有点说不过去。跟唐老师金娣的聚会嘛，反正平时也经常通电话，真碰了面也是没太多新鲜话题。便给金娣发个短信，借口医院临时调班，请不出假，就没有去赴约。

倏忽竟又到了下半年聚会的日子！朱蓓蕾近日来脑筋里只有那只壶，却把聚会的事情忘到八荒之外去了。经金娣这么大声一喝，将她魂灵儿唤了回来。放下电话，定定神，暗忖："倒是一个机会呢。碰到唐老师，寻个空当，当面问她，反显得随意。而且还可察言观色，看她说的是真是假。况且还有金娣在，更可以调剂气氛，避免两个人的尴尬。"这么一想，倒对下午的聚会有了些期待。

睡觉是睡不成了。朱蓓蕾先是去小区里的一爿美发店洗了头，重新吹了个大波浪的发型。回家后，对着镜子自己又梳理了半天，方才差强人意。自搬迁后，离金娣的理发店远了，她一直没找到合心的发型师。小区里倒是有好几家理发店，做出来的发型都硬撬撬像假发套，必得自己重新梳理一番，将头发调教得自然一些才行。

朱蓓蕾的五官纤巧精致，特别是两根脉脉远山般的眉毛，亦颦亦蹙，令人遐思。只是随着年龄渐长，眉形也疏落松散些许。平素，朱蓓蕾只用深灰色的眉笔稍加描画，便浑然一体。此刻又添了眼影和眼线，愈发柔情绰绰起来。

接下来便是挑选衣裳。朱蓓蕾咣地拉开大衣橱，衣橱里挤挤插插都是她的衣服，老公的几件西装和夹克衫被挤在角落里。朱蓓蕾翻拨了一阵，却找不出一件合适这个聚会穿的。去武康路口的咖啡店，那是个有文化底蕴的高档场所，总不能穿得太背时太土气，又不能太花枝招展三陪女似的。朱蓓蕾穿衣服还是有点品位的，衣料质地要考究点，色彩要含蓄点，款式再典雅点。其实符合这几个标准的衣服她并不缺，只是大都是旧物，金娣唐亚娟都看她穿过。方才金娣电话里还叮嘱她要穿新买的衣服去赴约呢。自搬迁到近郊小区居住，上下班花在路上的时间多了一倍。朱蓓蕾医院到家，家到医院，真有好长时间没去逛南京路淮海路上的百货商店买衣服了。小区附近的镇上虽也有服装店，可哪里有入得了朱蓓蕾眼界的东西？

朱蓓蕾犹豫片刻，便抽出一件墨绿色长款收腰的羊绒衫，一条水磨兰牛仔裤，虽是旧衣，却不同的搭配，也可穿出新意。关键在于她想今天赴约的真正目的是去向唐老师讨还那只粉彩壶的，还是素简点好，不是说哀兵易胜么？

想着下午茶点有点心水果，朱蓓蕾只煮了一小碗水泡饭，就着酱瓜腐乳胡乱地倒进肚子。随后套上衣服，在镜子前转了一圈，清丽素雅一妇人，自己还很满意。

朱蓓蕾正待出门，电话铃又闹。她揣摩定是金娣来催自己了，便没好气道："你是白无常还是黑无常？索人命啊？"

话筒里冒出来却是男人的声音："小妹，你跟谁吵架？火气那样大？"

朱蓓蕾一听是哥哥，忙抱住话筒，笑道："哥，我还以为是金娣呢。"

原来在西安工作的哥哥刚办了退休手续，准备过年回上海探亲，要朱蓓蕾替他们一家预订下榻的宾馆。

朱蓓蕾伤感道："哥，何必订宾馆？我让巧巧跟我们睡，你跟嫂子住巧巧的房间。除非你嫌我家狭小，容不下你这位大教授。"

哥哥在遥远的那座古城中快乐地呵呵大笑："小妹，哥怎么会嫌你家狭小呢？想想从前，我跟你挤在阁楼上睡觉的日子，不是也很开心吗？你嫂子说，你要翻三班，不给你添麻烦，住宾馆，省得你操心我们的衣食起居了。"

朱蓓蕾放下电话，心情因感受到哥哥传递过来的亲情而松畅许多，忽然就有灵光一现：对呀，何不假托哥哥回来探亲的名义去向唐老师打探壶的下落呢？哥哥好像就是老天派来帮自己渡难关的使者啊！朱蓓蕾主意一下子定笃下来，且信心满满。少女时代，哥哥曾是整条弄堂里青年人的楷模，也是女孩子们暗中崇拜的白马王子啊。

6

朱蓓蕾从地铁口钻出来，劈面撞上半街灼灼的阳光，连忙取出墨镜戴上，原以为秋渐深，日照应该温煦柔和了的。一张阔大的半是金黄半是焦红的梧桐树叶叭嗒落在她肩上，又顺着她手臂壳落脱掉在地上，被她一脚咕嚓踩扁了。

过了马路，拐个弯，朱蓓蕾便看见喜客咖啡店那古雅的墨绿色木格落地橱窗了，忽然就有一张浓妆艳抹的圆脸贴近玻璃，朝自己挤眉弄眼说着什么，只看见那红的唇一会儿撑圆一会儿撮起，却听不见声音，正是金娣呀。朱蓓蕾紧着步子推进门去，金娣已从沙发座椅中跳起来，哇哇地招呼着："蓓蓓，这边，在这边……"引得其他顾客纷纷引颈寻望。

朱蓓蕾轻轻嗔道："嗳嗳嗳，轻点声好吧？又不是小菜场卖菜的，要拨直喉咙吆喝！"说着，脱了米色风衣，坐下了。

金娣早习惯了她的指责，不恼她，也不理会她，依然亮着嗓大惊小怪道："蓓蓓，你身上这件羊绒衫好多年了吧？还在穿啊？为什么不穿新衣裳？我又不会要你的。"

朱蓓蕾真是哭笑不得，道："人家刚出了夜班，晚上还要做夜班，回到家补睡都来不及，哪有心思换衣裳？哪像你这般养尊处优哦……"一边就拿眼睛上上下下地刷她。金娣今天穿了件十分时尚的豹纹绒线连衣裙，只及膝盖，圆鼓鼓的小腿上套着网状黑丝袜，愈显得粗硕。朱蓓蕾使劲忍住了没有笑出来，她从来不敢苟同金娣的审美观。往深处想想，如果金娣不这么嚣张的打扮，她还能怎样打扮才好呢？

金娣撒铜钱般"咯咯"笑起来，不无得意道："我怎么养尊处优啦？每天要服侍多少只脑袋？站得脚骨都麻了。"

朱蓓蕾心想，你再不这样站，腿更要粗过象腿了！嘴上为她留了点情，因问道："唐老师……她今天来不来？"

金娣扬起描成细铅丝般的眉，道："当然要来，我都停了半天生意，她哪敢缺席？她要换两部车，现在一定在路上了。"忽就把丰满的胸脯往前耸了耸，隔在桌面上，压低声道："待会她到了，千万别提她家的孟夫子，他们俩现在闹得死去活来……"杏眼骨碌碌四周转了圈，大惊小怪道："孟夫子外面的野花被唐老师捉住啦！"

朱蓓蕾翘食指压住自己的唇，嘘地一声！金娣虽已是收着声音，却还是聒噪得很。朱蓓蕾早就晓得唐亚娟的婚姻会有这种结果。当年她跟金娣做唐亚娟的伴娘，身为新郎的孟夫子暗地里好几次在自己身上摸一把捏一记地揩油，朱蓓蕾心里就明白，这男人花擦擦，不会太太平平跟相貌老气的唐亚娟过日子的。她瞪了眼金娣，嗔道："还不是你做的好媒人！"

金娣冤枉鬼叫起来："我不过介绍他们认识，唐老师自己一眼相中的嘛！要怪也怪她自己没有手段抓住男人……"忽就闭了嘴，因隔着玻璃，正看见唐亚娟急匆匆地横穿马路。一辆电动自行车在她跟前紧急刹住，差点没撞着她。那骑车人挥着一只手，气急败坏地冲她说着什么，她却毫无知觉般只顾闷头向前冲。金娣拍拍胸脯道："吓死我了。我骑车子最怕碰到唐老师这样的行人，穿马路像在自家客堂间里，横冲直撞的。"朱蓓蕾抢白道："我穿着马路最怕碰到你们这种骑电动车的人，好像都得了色盲，红绿灯颜色都分不清。"两人正抬杠，唐亚娟推开咖啡厅的弹簧门进来了。

唐亚娟跑得急，待坐定，仍一口一口喘着气，眼镜片上蒙上了一层白雾，便脱了，用纸巾使劲擦拭着。在咖啡厅澄黄幽静的光线中，唐亚娟瘦削狭长的面孔愈发显得蜡黄憔悴，枯叶片似的。

朱蓓蕾一边帮她抽纸巾，一边关切道："唐老师，跑这么急干吗？我们三人碰头，又不是单位里开会，早点晚点有什么关系？"她内心暗暗庆幸唐亚娟脱了眼镜，一定是看不清旁人面孔上的表情的，正好让自己掩饰情绪，把脸上的笑容调节得自然一些。

唐亚娟终于擦净了眼镜片，将它架上鼻孔，朝金娣一抬下巴，道："你问她，她在电话里说，迟到一分钟，就要罚我替她儿子白补一学期的课！"

金娣捂住嘴笑得弯下腰，笑定，点着唐亚娟道："人民教师也这般财迷呀？为了一点讲课费，跑出心脏病来，亏得更大了呢！"

唐亚娟在金娣厚厚的背脊上刮了一下，恨道："你说说你呢？下午歇掉半天生意，夜工不开到十一点不会收场的。蓓蓓，你信不信？今晚我们到她剃头店打秋风去！"

朱蓓蕾笑道："好呀，我正想让金娣替我修修发型呢。你看看，我们那边的理发店，做出的头发，一点腔调也没有。"说着，摇摇脑袋，让头发蓬松一些。

招待小姐已经在她们桌边站了一会了，看着她们嬉闹。金娣忙坐直了，正经道："各位喝点什么？咖啡还是茶？尽管要，今天我来买单。"

朱蓓蕾忙道："你已经损失半天生意了，我来我来。"

唐亚娟道："大家都不要争，还是老规矩，AA制爽快。"

于是金娣要了珍珠奶茶，朱蓓蕾点了卡布奇诺咖啡，唐亚娟叫了壶茉莉花茶，另有曲奇饼干、开心果、薯条等小点心。

朱蓓蕾小小地吮了口咖啡，暖暖的感觉从喉口一直贯入肺腑。就在她三人互相调侃互相谦让的这几分钟内，她像又回到从前的老弄堂里，她跟唐亚娟、金娣一有空就凑在灶披间后门口，唧唧喳喳说着少女之间说不完的话，也要争，也要吵，却心无芥蒂，愈争愈吵愈要好。她极想将这种融洽感保持下去，不料那只色彩艳丽的粉彩壶忽地跳了出来，撑满她的思绪，将她才松快了一时的心又揪紧了。她立马笑容勉强，目光游移起来。一个念头蛇一般纠缠着她，百般挣扎也摆脱不了：该在什么时候、用什么语气跟唐亚娟提那只壶的事呢？

已婚女人聚在一起，经典的话题便是老公和孩子。可是先前金娣已关照过朱蓓蕾，唐亚娟两口子正在闹离婚，千万别提孟夫子，于是她俩只好东拉西扯其他话题。金娣就说她剃头店里的八卦："现在这些90后的小姑娘，蓓蓓，你家巧巧排除在外，奇出怪样的想法真叫人看不明白了。前日来了个姑娘，看看长相蛮登样的，偏要我把她两鬓剃得煞清，头顶心留下一撮还要染成酒红色。我好心劝她几句，她反倒笑我不懂时尚。笑话吧？我金娣不懂时尚，还敢在这闹市区开发型工作室？"

朱蓓蕾笑道："你就差了一口气，这种叫做博出位，吸眼球，懂吧？"说着偷眼看唐亚娟。唐亚娟专注地品茶，茶的热气又模糊了她的镜片，她又摘下眼镜擦拭着。朱蓓蕾也想到病房里的一则奇闻，便道："不要讲年轻人心思活络，七老八十的心思也活络起来。我们病区有个老头子，来做心脏搭桥手术的。老婆天天熬了营养的汤送来。老婆前脚走，隔脚就有一个徐娘半老的女人过来，跟他一道分享美食。老头子还美滋滋告诉病友，这女人是他的舞搭子，两个人是在公园里跳交际舞认得的，跳来跳去就跳到一张床上去了……"故事未说完，朱蓓蕾只觉得桌底下脚尖被狠狠踩了一下，痛得断了言语。刚要叫，看见金娣凶巴巴地朝自己瞪眼，忽然醒悟自己讲的故事恐怕会触痛唐亚娟的神经，连忙话锋一转，道："不过那老头子前几天莫名其妙翘辫子走了。"

金娣附应道："天报应！老天眼睛是雪亮的呀。"

她们两人同时去看唐亚娟的反应，唐亚娟依然在擦镜片。她终于擦净了镜片，戴上了，眼珠躲在镜片后面，便显得自如灵活起来，浅浅笑道："你们不要等我讲新闻噢，我上课的时候若是弄点奇谈怪论出来，家长哪个敢把小孩子送到我手中啊？金娣，先你就要骂死我，对吧？"

金娣连连点头，道："唐老师上起课来，小孩子都毕恭毕敬，动都不敢动的。"

唐亚娟嗔道："你把我描写得凶神恶煞似的，你问你家阿龙，我是那样的吗？"

金娣忙道："唐老师你不要误会，我是讲你教学方法得当，小孩子都爱听嘛。"

朱蓓蕾便把带来的课本拿出来，道："金娣要我把巧巧高一的课本带给阿龙，唐老师你看看，阿龙有必要先看起来吗？"

唐亚娟拿起课本翻了翻，道："金娣总是恨不得一时三刻把她儿子培养成天才！心急吃不了热豆腐，你既然把阿龙交给我，你自己就不要再横插一脚轧闹猛了，否则让阿龙到底听谁的呀？"

金娣头点得幅度更大了，"当然一切都听你唐老师的啰！"不过仍将朱蓓蕾带来的课本塞进了自己挎包里去了。

招待小姐来为她们各自的饮料续了杯，唐亚娟却站了起来，道："肚皮里灌下一壶水，我去趟洗手间。"

朱蓓蕾心一动，机会来了。便也立起身道："我也去洗手间，金娣，你在这儿看住包啊。"她想，还是先单独跟唐亚娟说壶的事，免得让金娣把事情搅得鸡飞狗跳的。

朱蓓蕾跟着唐亚娟进了洗手间，却根本不想上厕所，装模作样关了门，立了一会，又哗地抽了下马桶，只为让唐亚娟听见。两人并排站在洗手池边洗手，唐亚娟又褪了眼镜，用清水冲了冲，再抽纸巾擦干。趁她还未戴上眼镜之际，朱蓓蕾从镜子里盯牢她，用随意的口吻道："唐老师，我哥退休了，过年要回来探亲呢。"

唐亚娟一边仔细地擦着镜片，一边道："你哥回来，我们聚一聚。当初还是他鼓励我考的师范。"

朱蓓蕾紧咬着她的话尾道："我哥说，想把我爹常用的那把茶壶带回去，当个纪念。唐老师，那把壶你派了什么用场？我买把新的给你，你把那把破的壶还给我好吧？"

唐亚娟正好戴上了眼镜，眼珠显得雪亮，在镜子里冷峻地横了眼朱蓓蕾，道："什么壶，你爹用的茶壶怎么会在我这儿？"

朱蓓蕾的心格登撞在肋骨上，暗自恨道：装傻！慌忙稳住情绪，勉强扯出个笑，道："咦？你忘啦？那年我在老屋清理东西，理出一纸箱旧锅旧碗旧花盆，你说你家有天井，好派上用场的，我就都给了你的。那把茶壶就在纸箱里，我还特为关照你，我爹用的，怕有病菌，当浇花的喷壶是可以的。"

唐亚娟皱了皱眉头，道："哦——好像是有这么回事，不过花花草草瓶瓶罐罐的事体向来都是我家老孟处理的，我回去问问他，再给你回音。"

朱蓓蕾张了张嘴还想说什么，唐亚娟已经朝外面走去，朱蓓蕾只好合拢双唇，跟在后面回到餐桌边。

金娣兴致勃勃道："我又定了份意大利肉酱面，一份总汇三明治，索性吃个尽兴，回去省得吃夜饭。"

唐亚娟却道："不行不行，我差不多要走了。原本下午有学生要补课的，我让他们晚两小时来。"抬腕看了眼手表，便起身穿风衣，又拿出一百元钱放在桌上，道："路上怕堵车，我先走一步了。你们俩慢慢聊吧。"竟头也不回地出门去了。

金娣恨道："唐老师现在赚钱赚疯了，补一小时课，一个学生五十元，十个学生便五百元。二小时呢？三小时呢？这才叫作见利忘义呢！"

朱蓓蕾哑然，她没料到唐亚娟会如此迅速地一走了之，真让她有点猝不及防。她本打算分别时再跟唐亚娟关照两句，唐亚娟却完全不给她这个机会，这说明唐亚娟心中有鬼！什么有学生补课分明是临时想出来的借口啊。这么一分析，朱蓓蕾的心陡然沉重起来——看来要讨回这只壶还没那么容易呢。

意大利肉酱面和总汇三明治端上桌，朱蓓蕾哪里还有胃口？挑了几束面，塞入口中味同嚼蜡。金娣跟她说这说那，她老走神，对答牛头不对马尾的，把金娣惹火了，隔着餐桌伸手拍了她额头一下，气咻咻道："怎么唐老师一走，就把你的魂灵带走了啊？"

朱蓓蕾忙赔笑道："哪里呀，我晚上要上夜班的，得赶回去替巧巧把晚饭端整好。"

金娣夸张地把脑袋摇得像拨浪鼓："得得得，心不在这里了，空坐着做啥？我也无趣，回吧回吧。"便招呼招待小姐买单，又将吃剩的意面和三明治打包，塞到朱蓓蕾手中。朱蓓蕾又推还给她，道："你晓得的，巧巧嘴巴刁，不爱吃人吃剩的……"一想不妥，忙截住了。

金娣倒也爽快，道："巧巧是金枝玉叶嘛，我家阿龙原就吃百家饭长大的，不计较这些。"便将打包盒塞进了挎包里。

金娣骑上电动自行车轰隆隆地跑了，朱蓓蕾走下地铁口，略回头，看到地面上风赶落叶抖抖瑟瑟地翻滚着，心想，从前要好的轧扁头的小姐妹，难得聚会一次，竟就这么草草收场。胸口蓦地化开一丝伤感。

7

近几日，朱蓓蕾手机24小时地不关机。她们在病房值班，规定不能随意接听电话。她就把手机调到振动档，放在贴肉的裤兜里。她生怕错过唐亚娟的电话。可她心心念念地等了三天，唐亚娟始终没有给她回音。

朱蓓蕾暂压住满腹的焦虑，仔细回想聚会那日唐亚娟的神情，愈想愈觉得疑心。唐亚娟先是矢口否认，你爹用的茶壶怎么会在我这儿？后来抵赖不过，只得承认好像有这么回事，却一古脑儿推给孟夫子，说回去问问孟夫子再给自己回音。金娣不是说她跟孟夫子闹离婚，孟夫子被她逐出家门了吗？她怎么去问孟夫子啊？再想到唐亚娟托词给学生补课匆匆离去的行径，分明心怀鬼胎，不敢与自己对质呀！这么一路想下来，朱蓓蕾心中堵满了悲怆之情，愤愤道："亚娟啊亚娟，只为了那只粉彩壶，你就忍心抛弃我跟你几十年珍贵的友情吗？心里面的问号一掷出，倒把她自己问住了：为了这几十年珍贵的友情自己能不能不再去追问那把粉彩壶的下落了呢？

朱蓓蕾挣扎好一会儿，却因那壶可能赢得的巨额钱财而使她不能释怀，并终于为自己找到了理由：这只粉彩壶原本就是朱家门的东西，是爹爹的遗物，我去追回它理所应当且义不容辞呀！这么一想，她便理直气壮起来，决定主动出战，索性直截了当给唐亚娟打电话。

朱蓓蕾捏着话筒，听着对面"得拉拉——得拉拉——"的呼唤声，心就莫名地悬到了喉咙口。

"喂，哪位？"对面终于回应了，声音压得很低，密语似的。

"是我呀，唐老师。"朱蓓蕾攥紧了话筒，好像捉住唐亚娟的手臂，不让她逃遁似的。

对面沉默了一会，还是密语般的低声："哦，蓓蓓，我这儿有几个小孩子在补课呢，晚上我给你打过去。"

"嗳嗳嗳，我就一句呀。我爹的那把壶，你问过孟夫子了吗？"朱蓓蕾像摔掉拉了弦的手榴弹般把话吐出口，等待回答时，仿佛心猝停，透不转气。

"哦——我家老孟说，那年他只捡回几只完整些的花盆，其他东西都丢掉了呀。"唐老师说这句话时一点不打搁愣，顺溜得似小学生背书一般。

朱蓓蕾却急了，机关枪似的道："怎么可能丢掉呢？当时你自己说的，那只粉彩壶蛮漂亮的，我还关照你，不要当茶壶，怕有病菌，可以当浇水壶的……"

"蓓蓓，"唐亚娟声音抬高了些，打断道："我骗你作啥？一只断臂破壶，难不成我吞咽了它？好了好了，不说了，小孩子等我批题目呢。"话音未落，哐当，电话已挂断了。

　　朱蓓蕾呆呆地盯着话筒上的小洞，恨不得钻进去一把抓住唐亚娟。她认定唐亚娟是在骗自己，明明晓得那是把粉彩壶，现在倒说它是破壶了，真当我是她手中那些小孩子了！

　　唐亚娟一口咬定那把壶已经丢掉了，这让朱蓓蕾的情绪降到了冰点以下。一时下，她的脑壳像中了病毒的电脑屏，一片漆黑，不晓得接下去该如何措置这桩事体。再打电话追问吧，唐亚娟死不改口怎么办？就此放弃吧，这么值钱的宝贝活生生被别人占去，又于心不甘。正焦灼无奈间，巧巧放学回来了。

　　巧巧一进家门就嚷："妈，我要早点吃晚饭，跟初中同学约好了，晚上去唐老师家送蛋糕去！"

　　朱蓓蕾怵然一惊："怎么突然想起给唐老师送蛋糕了？"

　　巧巧嘟起嘴道："妈，你更年期啊？今天是唐老师生日呀。也是你说的，做人不能有事有人，无事无人，不能忘记唐老师的功劳。"

　　朱蓓蕾心骨碌翻了一下，真把唐亚娟生日忘了！那年巧巧中考，唐亚娟突击替她补了一阵数学，果然考上了区重点。朱蓓蕾当时是发之肺腑地关照巧巧，永远不能忘记唐老师的恩德呀。忽然心头一亮：何不趁巧巧去唐亚娟家送蛋糕的机会，让她做一次"小侦探"呢？转身进厨房替巧巧端整晚饭。有隔夜剩下的罗宋汤，炸两块猪排，炒了盘青豆蘑菇蛋炒饭，热腾腾地端上桌，招呼巧巧来吃。

　　朱蓓蕾坐在巧巧一侧看女儿吃得狼吞虎咽，这是做母亲最大的享受。巧巧长得不像妈妈那般纤柔秀美，却像爸爸般敦厚可爱，朱蓓蕾是横看竖看愈看愈喜欢。巧巧很快就把一大盘蛋炒饭扫光了，便有滋有味地啃猪排。朱蓓蕾笑道："吃慢点呀，又没人跟你抢。"又道："你待会去唐老师家，妈托你一桩事体，好吗？"

　　巧巧满嘴的肉，只"嗯"地应了声。

　　朱蓓蕾道："你还记得从前外公用的那把茶壶吗？"

巧巧歪着脑袋叭嗒叭嗒眨了会眼，道："是不是有两只桃子的那把壶呀？"

"对呀对呀，"朱蓓蕾为巧巧还有记性高兴，道："小时候你老是爬到外公膝盖头要去摘那两只桃子，外公就摸出钞票给你买真桃子吃。"

巧巧颇为得意地晃了晃脑袋，问道："妈，这把茶壶呢？我好久没见着了。"

朱蓓蕾忙道："这把壶我送给唐老师了呀，她家有天井，可以种花，可以用那把壶当浇花的水壶。唐老师开口要，妈当然就送给她了呀。"

巧巧已经啃光了两块排骨，抽了张餐巾纸擦着油光光的嘴，问："送就送了，妈，你要我做什么事呀？"

朱蓓蕾吸了口气道："你大舅打电话来，他想要这把壶留作纪念。妈都没敢告诉大舅壶已经送人了，大舅肯定要责怪的……"

"妈，你想让我帮你去跟唐老师要回这把壶呀？"巧巧到底是个精明的孩子，一语点穿朱蓓蕾的心思。

"不是不是。"朱蓓蕾慌得摇头，巧巧哪里是唐亚娟的对手？不被唐亚娟训斥几句才怪呢。"妈晓得的，你看到唐老师开不了口的。妈只想你去她家留意观察一下，看看那把壶唐老师放在哪里？在派什么用场？倘若只是当浇水壶，妈去买只质量上乘的浇水壶送给她，将外公的壶换回来，岂不两全其美，对吧？"

巧巧不语，只顾喝汤。喝了几口便放下了调羹，嚷着："胀死了胀死了。"立起身，背起书包往外走。朱蓓蕾追着她道："妈关照的事记住了吗？"

巧巧不屑道："记住了，这点小事！妈我走了！"

朱蓓蕾奔到楼梯口，听得女儿蹬蹬蹬蹬鹿儿般下楼的脚步声，喊道"早点回来，打出租车——"已经没有回应了。

朱蓓蕾明日是早班，凌晨五点便要出家门的，靠在床上却毫无困意。

她想，总归要等巧巧回来问个究竟才好定心啊。只要巧巧在唐亚娟家看见了那只壶，自己便可胸有成竹地再给唐亚娟打电话，不怕她再抵赖了。

巧巧过了九点方才回家，她以为妈妈肯定睡着了，便蹑手蹑脚推开自己卧室的房门。朱蓓蕾正煎心揪肠地等女儿带回要紧的"情报"呢，自然不会放过一丁点动静，巧巧开门锁的阔得声早就传入她耳朵，便扬声道："巧巧回来啦？"

巧巧担心妈妈会嗔怪自己回家得太晚，只探进一只脑袋，讨好地笑道："妈，你还没睡呀？明早你不用替我买早饭，我去新亚大包吃咸豆浆好了！"话一出口就缩回头，不容朱蓓蕾盘问。

朱蓓蕾却趿着拖鞋追到巧巧房门口，问道："妈托你的事呢？"

巧巧正脱外衣，怔忡道："什么事？"

朱蓓蕾急道："咦，不是让你留心观察一下，外公那把茶壶，唐老师在派什么用场呀？"

巧巧"噢"地一声，道："事体我问过唐老师了，她说那把壶本来就断了臂，浇起花来很不方便。她不当心滑脱，摔得四分五裂，早就丢掉了。妈，跟大舅说一声，大舅不会计较的。好了，妈，我要睡了。"

朱蓓蕾不晓得自己如何回转房间的，胸口头因塞满了愤懑而隐隐作痛。巧巧的话愈是证实了唐亚娟存心在吞没这只粉彩壶了，你看她跟自己说一套，跟巧巧说的又是一套，撒谎都不用打草稿！可自己还能有什么法子去揭穿她，去讨还这只壶呢？

便又是万千遍的辗转反侧，彻夜未眠。

8

次日，朱蓓蕾上班时头重脚轻心不在焉，差点把两个病人的针药搞混了。幸而多年护士工作养成了她进针前检查一遍药品的习惯，才没酿成大祸，自己都吓出了一身冷汗。护士长看她失魂落魄的样子，摸了摸她额头，因问道："蓓蓓，你是不是病了？"朱蓓蕾连连摇头，自己咬自己舌头，提醒自己上班时脑筋不要开小差。医院里年年评先进，年年都有朱蓓蕾的份。朱蓓蕾还是很爱惜自己的名声的。

好不容易熬到下午两点，上中班的同事来接班了。朱蓓蕾照例去淋浴房冲澡。当热蓬蓬的水夹头夹脑浇下来时，朱蓓蕾的脑袋霎时间清爽灵活起来，暗忖道："对呀，何不找金娣帮下忙？她儿子还在唐亚娟那里补课，她是经常去唐亚娟家的呀。再则，金娣为人八面玲珑，巧舌如簧，再难听的话由她嘴里吐出来，也像朵花似的动听。生意人嘛，自己只消给她一点好处费，想来她是不会拒绝的吧？"这么想定了，朱蓓蕾才觉胸口头舒畅了一些。

朱蓓蕾隔着家门就听到家中电话"得啦得啦"扯着嗓地叫，连忙掏出钥匙开进门去，拔起话筒"喂"了声，便喘着气等着。对面哗啦啦先流淌过来一阵笑声，朱蓓蕾倒是一喜，正打算给金娣电话，不想她电话就来了，这是不是有点天意，老天让金娣来帮自己一把呢？

金娣的话语丁零当啷风铃一般飘过来："蓓蓓，你看我掐算得准吧？就晓得这个时候你可以到家了。你们医院短命的规矩，一点人性都没有，做护士的上班时间不好接电话，万一人家家里出人命了呢？"

朱蓓蕾心里高兴她来电话，嘴中却不耐烦嗔道："金娣你不要咒我好不好？有啥要紧事？闲聊就等我困一觉起来，我给你打回去。"

金娣破天荒竟支吾起来，道："要紧事嘛……也不怎么要紧，不过嘛……也蛮要紧的。"

朱蓓蕾又好气又好笑："金娣你装什么斯文呀？有话快说，有屁快放！"

金娣哗啦啦又笑开了："我们向来文雅贤淑的蓓蓓也会粗口了。其实嘛……好了好了，就跟你直说了吧。你是不是为了你爹用过的一把旧茶壶跟唐老师闹得不开心呀？"

朱蓓蕾先是一愣，唐亚娟竟然恶人先喊冤了！旋即冷笑道："原来你是为唐老师当说客来的呀！你倒说说看，我怎么弄得她不开心了呢？"

金娣道："嗻嗻嗻，难听吧？什么叫说客呀？我是因我们三个人亲姐妹一样的关系，不要为了一把破壶给糟蹋掉了，所以自告奋勇来当个和事佬。蓓蓓，俗话说泼出去的水嫁出去的囡，送出去的东西讨不回。伯父伯母留下来的老东西总归还有的吧？另外找一样给你哥哥当纪念，我想阿哥断不会不同意的吧？"

朱蓓蕾的声音像劈开的柴爿薄削削、支愣愣、硬邦邦："是唐老师告诉你的？她讲那是把破茶壶吗？她的近视眼大概愈加深了，好坏都分不清了！"

金娣又笑了两声，笑得有点勉强，嘿嘿的，像吐痰，才道："蓓蓓你不要那样促刻嘛。伯父那把壶从前我也看到过的，花样颜色是蛮漂亮的，不过后来不是被父母拗断了壶柄？讲它是破壶也不为过呀。"

朱蓓蕾气不打一处出，乒乓球近台抢攻般道："你晓得那把壶是粉彩瓷的吗？你晓得粉彩瓷在瓷器中大姐大的地位吗？你晓得一只花式跟这只壶差不多的粉彩瓶拍了四千多万港币吗？"

话筒对面一时间没了声息，朱蓓蕾一吐为快，又"喂、喂"叫道："金娣，你在听吗？"

金娣出声了："既然这么珍贵的东西，又是你爹留下的，当时你作啥要送给唐老师呢？"

这只问号箭矢般真正是戳到了朱蓓蕾的痛处，便不无悔恨道："只怪我们没文化，有眼不识无价宝。要不是最近看了中央台的《百家讲坛》节目，我还木知木觉呢。可是唐老师应该懂的呀，她家孟夫子本身就是做艺术品买卖这一行的，哪里会不识货？既然我们这么要好的姐妹关系，你晓得这只壶的价值，你总该提醒我一句对吧？就这样闷声不响占为己有，是不是有点不上路啊？"

话筒对面再次陷入沉寂，深潭一般。朱蓓蕾认为，是金娣被自己说服了，立场已转到自己这边来了，只是碍于儿子的前途捏在唐老师手中，不好表态而已。愈是取进攻的态势，道："金娣，我并不是要你去谴责唐老师，生分唐老师，谁还没有个私心啊？何况我们又是这样的交情。我只想托你帮我劝劝她，让她把那把壶还给我，我替她去买把新的，任她喜欢的图案样式……"

"怪不得呢！"话筒对面突然窜出金娣的声音，好像潜水长久的人猛地浮出水面深呼吸一般。

朱蓓蕾一激灵："怪不得什么？"

金娣像是收拢了声音，从话筒眼中钻出来，蛇一般缠绕着："昨天我带阿龙去唐老师家补课，看见孟夫子回家了！前头吵得只差去民政局了呢……"

朱蓓蕾疑惑道："你的意思，孟夫子回家跟这只壶有关？"

金娣又嘿嘿笑了两声："蓓蓓，你有时候幼稚得跟小姑娘似的。你想嘛，他们夫妻俩吵架还不是为了钱？孟夫子把唐老师补课辛辛苦苦赚来的钱都赔光了。孟夫子做生意像个无底洞，唐老师死也不肯再给他投资了，这才闹得天翻地覆的呀。如今，他们晓得你爹的壶价值连城，钱，就不成问题了嘛，他们还离什么婚呢？孟夫子自然要回家啰，唐老师还得靠他把壶变成钱呢！"

朱蓓蕾曲折地长长地吁出一口气，道："金娣你太有才了，你好去做心理分析师了。"随即愈发地揪心，怨道："这么看起来，唐老师横竖不会把壶还给我的。你晓得，我哥做事老顶真的，他又是个大孝子，他若晓得我将爹爹的遗物随便送了人，他要骂死我了……"便哽咽起来，自己编的故事讲顺口了，像真的一样了。

金娣忙道："蓓蓓，不要哭呀。有我在，你还怕要不回那只壶？"说罢放开嗓哗啦哗啦笑起来，笑停了，又道："蓓蓓，我帮你讨回壶，你要给我发劳务费哟！"

朱蓓蕾抽缩了一下鼻子，道："那当然，应该的，你开个价嘛。"心里却鄙视起来：到底是个剃头的，就看重钞票！

金娣的笑声又滔滔地涌过来："蓓蓓，我是给你开玩笑的呀！"

这回轮到朱蓓蕾说不出话来了。

9

朱蓓蕾捏着话筒走了神，好一会不言语。金娣在对面急得吼起来："蓓蓓，这点玩笑都开不起呀？你到底要不要我帮你呀？"

朱蓓蕾耳膜被震痛了，方才回转神，忙道："当然要你帮忙啰，我不是开玩笑，我一定要给你报酬的。"

放下话筒，朱蓓蕾独自埋进沙发，静悄悄地蜷缩着，其实心里正掀起十二级飓风！有一个念头像发酵了的面团，呼呼地膨胀起来，渐渐撑满了她的思绪。方才她正是被这个不经意冒出来的念头牵绊着才心猿意马起来的。此刻，她正瞻前顾后地梳理这个念头，细针密缕地考核它的可行性，究竟能有几分取胜的把握？这个念头只因金娣一句"孟夫子回家了"而起，朱蓓蕾为自己突然冒出这样念头而羞愧，莫名地出了一身冷汗；却又抵御不住这个念头的诱惑，内心蠢蠢欲动而惴惴不安。

朱蓓蕾心里十分清楚孟夫子对自己是垂涎已久的，所以平素她一向刻意疏远他。以往送巧巧去唐老师家补课，她总不进唐家门。在唐老师家附近找只麦当劳或者永和豆浆店，要一杯可乐或咸豆浆，慢慢呡，等巧巧下课。偶尔会在什么场合下遇到孟夫子，她便尽量坐得离他远点，省得他的手不三不四地不规矩。而此刻，占据了朱蓓蕾整个思绪的念头是：何不利用孟夫子的色心色胆，趁机打探出那只粉彩壶的真实下落？

这个念头才出来，还没想好如何去"挑逗"孟夫子，朱蓓蕾已经两颊燥热，心击如鼓了。这是拿自己的贞操去冒险哪！想起孟夫子狎昵猥亵的眼光，朱蓓蕾就浑身起鸡皮。她双手合一默默祈祷：爹爹，为了你留下的那只粉彩壶，就是刀山火海我也要去闯一闯！爹爹你在天之灵一定要护佑我哟！

朱蓓蕾苦思冥想了半天，终于设计好了自己的计划。虽不能说万无一失，拼死吃河豚，全靠自己临场的发挥了。

挨到朱蓓蕾轮休，她又称家有急事，跟同事调休了一天。她盘算，有三天工夫，大概总可以约到孟夫子了吧？于是便给孟夫子的手机号码发了条短信。有生以来头一次用这个号码，当初孟夫子嘻皮涎脸地硬要把这串数字留给她，她差点没删除掉。

朱蓓蕾的短信是这样写的："孟大哥，我单位有个同事家传一尊镏金佛像，想请懂行的人鉴定一下。我想你是这方面的专家，能劳你大驾帮下忙吗？我同事说，一定按市面上的规矩付你鉴定费。听金娣讲你跟唐老师闹别扭了？故不去惊动唐老师，直接给你短信，千万别见怪哟！"

不过半小时，孟夫子就回了短信："你蓓蓓的事便是我的事，谈钞票就俗了。只要蓓蓓你一声令下，我老孟赴汤蹈火在所不辞！盼能早一刻一睹你蓓蓓的曼妙秀姿，我老孟便如贫得宝，如暗得灯，如饥得食，如旱得云也！"

朱蓓蕾肚子里冷笑：真是狗改不了吃屎！老不正经！恨不得狠狠地骂他一通，可箭在弦上，不得不发，便咬牙切齿地在手机上摁出时间、地点发过去。时间定在隔日午后两点，朱蓓蕾算好了，这时候唐亚娟准定在学校教书；地点选了靠近唐家的一爿茶室，那里地处偏隅，比较清净，碰到熟人的几率很小。毕竟单独与孟夫子"约会"，朱蓓蕾自己都觉得羞耻。孟夫子的短信很快就回过来了："一言为定，不见不散！"朱蓓蕾恨恨地将他的短信删除了，满腹的委屈，竟呜呜咽咽地吟泣起来。

这一夜，朱蓓蕾哪里还睡得着？一会儿斗志昂扬，信心满满。像孟夫子这种贾宝玉式的"多情种"，最爱在漂亮女人跟前摆谱，作豪爽洒脱状。只要自己"引逗"得当，他一定会透露粉彩壶的去向，说不定一慷慨，就答应将壶还给了自己呢！可一会儿，她又忧心忡忡，惴息不安起来。倘若唐亚娟和孟夫子已经在壶的问题上结成同盟，孟夫子趁机揩自己的油却又不透露壶的讯息，岂不是偷鸡不着蚀把米？最怕的是，被孟夫子捏了自己主动挑逗的把柄，日后牵丝绊藤地来纠缠怎么办？于是又将如何跟孟夫子套近乎，如何委婉却又要让他明地提出还壶的问题等等，一词一句在心里反复斟酌，反复演习，直至东方渐白方才迷糊了一会。

早晨起来，朱蓓蕾发现自己眼泡皮肿肿的，眼窝下的雀斑似乎又浓密了许多，自己看自己怎么那样难看？孟夫子看到苍老憔悴了的自己，还会上钩吗？看看时间是来得及的，便去小区里的美容店做了整套的紧致毛孔补水美白的护肤保养，花了她三百多元钞票。平素她是从不踏进这种"野鸡"美容院一步的，今日也是病急乱投医了。

回转家已近中午，哪有胃口吃中饭？坐到梳妆台前化妆。照照镜子，肤色似乎滋润了一些。于是，按部就班，爽肤水，精华乳，粉底霜，一层层拍上去，脸庞便像熟鸡蛋般白皙光滑了。

接下去应该是涂眼影，画眉毛，勾眼线了。平素做得熟练了的，便捏着眉笔凑近了镜面，仔仔细细涂抹勾画，不一会，一位艳光四射的美女，便在镜子里映现出来，朱蓓蕾自己也是惊呆了，自己竟还有这般勾魂摄魄的魅力啊！忽然就犹豫起来：这般精心打扮，不要让孟夫子以为自己真的是那种放浪的女人了！慌忙跑到洗手池边，拧开笼头，掬起一捧凉水往面孔浇去。哗啦哗啦，将妆粉都洗净了，也将满脸的燥热冲散了。

朱蓓蕾重新坐回梳妆台边，重抹了爽肤水和精华乳，不画眉毛，不深的眼影，不勾眼线，稍稍打了点腮红，只用肉色唇膏轻轻点了点唇。这样看上去素朴一些、端庄一些，也别有一番动人之处。

朱蓓蕾决绝地朝镜子里的自己呼地吹口气，里面那位清雅的少妇便被薄薄的雾霾吞没了。

10

朱蓓蕾提前二十分钟就"潜伏"在对面马路的超市里了，装作挑选日用品，不时地透过玻璃橱窗眺望茶室门前的动静。她终于看见孟夫子步履轻捷地沿马路走到茶室门口，先朝里张望，随后便推门进去了。朱蓓蕾偷着冷笑着，并不着急赶过去。随便挑了几盒口香糖，慢吞吞去收银台付了账，这才不急不缓地穿过马路。

深秋的天气，高爽而清朗。近郊新开发的街区，是用香樟做的行道树，依然是满冠的黛绿，在和煦的秋日中显得敦厚凝重。

茶室里的灯光被调弄得昏黄幽谧而暧昧。朱蓓蕾踏进门，从亮处乍到暗处，眼门前黑黝黝什么都看不清，只呆呆地立着。忽然就有一个人从笃底的厢座里站起来，朝她招手，边唤道："蓓蓓，在这边！"那声音磁性中透出亲昵，是那种恋人之间的口吻，弄得朱蓓蕾浑身起鸡皮。

朱蓓蕾恨恨地趟过去，低声嗔道："你哇哇叫什么？人家都在看我们了！"

孟夫子嘀嘀一笑，道："谁爱看就看呗，我们是正大光明的，怕什么？"边说边拍拍他身边的沙发椅，示意朱蓓蕾坐下。

朱蓓蕾愈发恼火，照他的说法，倒好像是她心里有鬼，怕别人看见似的。又不好辩解，便扭身坐在他对面的座椅上，两人中间隔着张餐桌，省得他手脚不规矩。

孟夫子只笑眯眯地放出眼珠在她面孔头颈直到胸脯这一段肆意地横扫辗转。朱蓓蕾后悔将外面风衣脱了，上身的羊绒衫又太合身，将她的曲线完美地勾勒出来。她只得假意看菜单，把硬皮的菜单竖起来，挡住他的视线。

孟夫子轻叹一声，道："蓓蓓，老天何以如此钟爱你？岁月怎么在你身上不留下些许痕迹？依然是那样雅致、秀美、嘿嘿、性感！"

往常，孟夫子一说这种痴头怪脑的话，朱蓓蕾非骂他个狗血喷头不可。而今天，朱蓓蕾要的就是这个效果，便只哆哆地翻了他个白眼，嗔道："孟兄赞扬女人的词汇好出词典了，遇见一个，只顺手挑几个词，便可出口成章了。"

孟夫子一派正经的模样，道："蓓蓓你可冤枉我了，我是极少赞美女人的。女人就像艺术品，我的眼光很挑剔的，看得中的没有几件。若被我认定了，那必定是货真价实的了。"

"去你的，你把我们女人当什么了，回头告诉唐老师，让她教训教训你！"朱蓓蕾说罢扑哧一笑，道："你喝茶还是咖啡？或者蔬果汁？今天是我求你办事，我请客哟。"

孟夫子伸手从她手中拿菜单，趁机捏了下她的手指，笑道："蓓蓓，哪里有让女士买单的道理？我刚才已经为你点了份雪梨芹菜汁，美容的，行吗？"

朱蓓蕾暗忖：也不能让他觉得太拿捏得了自己了！便道："我们这把年纪了，再美容也来不及了。还是给我来杯咖啡，不要放糖。那雪梨芹菜汁就留给我朋友吧。"便抬腕看看表，"她应该马上就到了。"又乜斜着眼道："孟兄，今天你要请客就请两位哦！"

孟夫子道："蓓蓓你不要寒碜我好吧？"便招手女招待点单。

不一会，招待小姐便端来咖啡和雪梨芹菜，孟夫子自己要了壶普洱茶，另还有几小碟坚果，松饼之类的茶点。

朱蓓蕾往咖啡里调了些牛奶，呷了一口，眼皮从杯沿边抬起来，看住孟夫子道："孟兄，你跟唐老师到底怎么了？我是听金娣说的……"

孟夫子摇摇头，一脸的苦大仇深，道："蓓蓓，你还不晓得唐亚娟的脾气？我真想广告天下未婚男人，不要娶当老师的女人为妻。她们会把丈夫当作灰孙子般来教训，横也不好，竖也不好，这种日子真受不了！"

朱蓓蕾冷笑道："现在这个社会，外头诱惑那样多，男人不管教，哪里收得住心，特别像孟兄你这般风流才子，唐老师当然要严加管束喽。"

孟夫子朝朱蓓蕾跟前欠了欠身子，腆着脸道："她那张脸原就逼仄，训起人来，眼乌珠都弹到面孔外面去了，我看着就惹气。要是你蓓蓓来管束我嘛，再凶再狠，我也当补药吃了。"说着，桌子底下的脚就撞了朱蓓蕾一下。

朱蓓蕾将脚藏到座椅下边，笑也不是，嗔也不是，只好抬腕看看表，又朝店门口张望了一下，道："咦，都过时间了，她怎么还不到？"

孟夫子正来劲呢，笑道："没关系，她晚点到最好，我们俩好多谈谈。"

这时朱蓓蕾包里的手机"嘟嘟，嘟嘟"地闹起来——其实是她预先设好的闹钟——朱蓓蕾对孟夫子道了声："对不起，我看下短信。"便翻开手机看了看，皱起眉头道："你看讨厌不讨厌？我朋友说，临时单位有事，来不了。我倒为她调休一天呢！"瞟了眼孟夫子，见他一脸坏坏的笑，生怕他看穿自己的把戏，便立起身，道："孟兄，实在对不起，也耽搁你了。茶钱一定我来付。"便抬手唤招待买单。

孟夫子忙起身阻止，趁机捏住朱蓓蕾的胳膊，道："蓓蓓，这么着急做啥？你反正已经调休了，乔老爷又不在家，他在度假村里不定怎么快活呢。不如我俩多坐会，难得好跟你说说心里话嘛！"边说边推着她坐下，他自己也趁机坐到朱蓓蕾边上，膝盖就蹭着膝盖。

朱蓓蕾瞬间被笼在一股烟味酒味混杂的男人气息中，双颊砰地烧起来。她想推他回原座，却又想：这不正是自己想要的氛围吗？便忍着尽量收紧身子，免得触碰到他。

孟夫子自己为自己斟了茶，仄着脑袋深情款款盯着朱蓓蕾无限沧桑言道："蓓蓓啊，人活尘世上，不如意事常八九，可与人语无二三，也就是遇见你了！想我老孟也不算庸碌之辈吧？人家讲商场失意情场得意，偏偏我是商场失意情场也失意……"

朱蓓蕾连忙截断他，"咯咯"一笑道："孟兄，你也太贪心了，亚娟姐那样能干的女人，又能操持家务又能挣钱，你还不满足啊？"

孟夫子撇了下嘴，道："蓓蓓你心好，总看见别人的好处。你将真心托明月，谁知明月照沟渠，我们也可算得同声相应、同气相求了。"

朱蓓蕾听出些端倪，索性单刀直入，问道："近日，亚娟姐是不是对我有些怨言呢？孟兄，你就明白告诉我，我决不会加恨亚娟姐的，也让我晓得点人情世故，该哪儿收敛些。"

孟夫子身子悄悄往里挪了寸把地，胳膊便挨住朱蓓蕾了，极其认真的模样，道："我也有一句说一句，素来她是道你好的，近日却唠叨你不近人情、见利忘友什么的。说是为了一把破壶，翻箱倒柜了好几天呢！"

朱蓓蕾因孟夫子靠得太近，不便侧脸看他表情，听他言语实在很难分辨真假，便甩出杀手锏，叫了声："孟兄！"先咽住，也真是左右为难，不能自已，泪珠子骨碌碌滚下来了。

孟夫子抓起一叠纸巾就替她擦眼泪，声道："蓓蓓，蓓蓓，别哭别哭呀，你这一哭，我的心都化了。你说，要我为你做什么都行！"整个胸脯就压在朱蓓蕾的肩胛上，臭烘烘的唾沫就溅在朱蓓蕾的面颊上。

朱蓓蕾强忍着，不躲避，仍哽咽着道；"亚娟姐说，那只壶是被你丢掉了。其实我也不在乎，丢了就丢了。偏生我哥想要它做纪念，要晓得我把爹爹留下的壶送给人家浇花用，先就要骂死我了。若得知壶已不见了，不晓得会怎样呢……"便又是低低的啜泣。

孟夫子索性一支胳膊搂住了朱蓓蕾的肩膀，箍得紧紧的，嘴巴几乎贴着她耳根道："天地良心，我从来都不晓得有这么一把壶，若晓得是蓓蓓你家的壶，我哪舍得拿去浇花？来不及将它供起来了。唐亚娟自己把壶弄丢了，生怕你气她，便推到我头上来了。"

朱蓓蕾依然作悲泣状，脑子却紧张地思索着：这夫妻俩打太极拳似的你推我，我推你的，究竟是真话，还是商量好了来糊弄自己的？看这孟夫子的情状，又不像说谎话。接下去该如何诘问他呢？忽然感觉到孟夫子的手正沿着她的背脊徐徐地向下滑去！再不能由他猖狂了，便一扭身挣脱开来，站起身，嗔道："孟兄既然你跟亚娟姐一起来哄我，那还有什么可说的？算我眼珠子被戳瞎了。横竖等我哥来收拾我好了……"便要往外挤。

孟夫子被她掀倒在沙发椅上，慌忙撑起来，拽住她的手臂道："蓓蓓，你要怎样才能相信我呢？只差不能把心剖开来给你看了。"忽然他也跳了起来，"这样吧，你现在就随我去我家找壶，随你天翻地覆，只要找出来，你就拿回去，讲也不要跟唐亚娟讲！"

朱蓓蕾顿时怔在那里：她反复斟酌的计划中并没有去唐亚娟家找壶这一步呀。而且单独跟孟夫子去他家，孟夫子显然是不怀好意的，到时候自己该如何脱身呢？正迟疑着，孟夫子却推搡着她，道："亚娟今天晚上还要给人补课，不到8点钟不会回家的，我今天下午也正好空闲。走呀，正好帮你一起找。只要那壶在，总归找得出来的。"

朱蓓蕾终于动了心。所谓不入虎穴焉得虎子，这么好的机会自己若再放弃，便再怨不得任何人了。

唐亚娟的家是直筒筒的一室户型，开门进去便是开放式的厨房加客厅，约摸有十平方米左右；厕所在右侧，再进去便是十五六个平方米的卧室，卧室外有个小小的内阳台，阳台外便是天井了。还是当初唐亚娟搬新居时，朱蓓蕾和金娣一起来贺乔迁之喜的，一晃已过去好多年了。

孟夫子开了门，让进朱蓓蕾，不住地摇头，道："让蓓蓓见笑了，本来早就想换大房子的。你孟兄运气不好，生意做得不顺，至今还蜗居于此啊！"

朱蓓蕾不动声色地转动眼珠团圈打量了一遭，屋子还是原来的屋子，多了许多家什，杂乱了许多。目力所及，并未见壶的踪影。

孟夫子殷勤地帮朱蓓蕾脱外衣，又蛮横地将她摁进沙发中，又张罗着要给她泡茶摆糖果。

朱蓓蕾生怕他要出什么花头，便立起身道："孟兄，不是说帮我找壶吗！你不用倒茶，方才在茶厅已灌了一肚子的水。我们还是找壶吧！"

孟夫子道："好好好，蓓蓓说找壶就找壶。"便伸手将厨房的橱门一扇扇打开了，"蓓蓓，你仔细找哦，平常这些锅瓢碗碟我是一律不管的。"

朱蓓蕾真就一只只橱柜仔细看过来，自然是没有。

孟夫子又推开厕所间的门笑眯眯盯住朱蓓蕾问道："这里面也找找看吧？"

朱蓓蕾感觉到他笑脸背后还有一张脸，暗忖：他这样主动要我找的地方，必然是不会藏匿什么的！心中冷笑，道："亚娟姐怎么会把壶放厕所里呢？我记得当初她说当浇水壶用的。孟兄，我们去天井找找看好吗？"

孟夫子是一派百依百顺的样子，念着"好好好"，便引朱蓓蕾穿过卧室，推开了通天井的落地窗。

这一方天井虽不大，却收拾得干净齐整，铺着花格地砖，沿围墙摆放着大小不一形状各异的花盆，有几丛观音竹和慈竹；有尊贵的君子兰，也有普通的草花；还有两盆松柏和铁树的盆景，更多的是蔷薇、月季、杜鹃各色花朵，姹紫嫣红，十分热闹。

朱蓓蕾作出十分惊艳的表情，双手合十，道："好漂亮的院子啊！孟兄，想不到你还有这番雅趣。"

孟夫子道："这些花花草草倒都是唐亚娟侍弄的，我哪里有这闲空？当初她就是看中这块豆腐干大的天井，才执意要住底层的。"

朱蓓蕾斜度里扫了他一眼，道："可亚娟姐说种花种草都是你的功劳呢，你们夫妻倒很谦让哟。"

孟夫子不晓得真听不出朱蓓蕾的话外之音，还是装戆，呵呵笑道："不是有社会学家评判说，夫妻之间太相敬如宾，也不正常吗？"

朱蓓蕾懒得探究他们夫妻间的奥秘，自顾沿着围墙走了一圈，探头往盆与盆之间的旮旯里张望着，不见壶的踪影，看见院角一只水池，水池下塞满杂物。便蹲下身，将那些破罐碎盆都拖了出来，一只只翻拨着，依然没有壶的影子。

孟夫子站在落地窗前的台阶上，摊开双手朝朱蓓蕾耸了耸肩，道：

"我说我从来没看见什么壶嘛，现在就剩卧室没找了。"侧着身，不无揶揄地看住朱蓓蕾。

朱蓓蕾不搭腔，拍着手上的尘土跨进屋子。孟夫子咣啷咣啷将大衣橱五斗柜的门都拉开了，招呼道："蓓蓓，你来翻，索性搜得彻底，也见得我没有骗你。"

朱蓓蕾却像入定般立着不动了！进屋时她的目光不经意划过落地窗旁的写字桌，桌面玻璃板下压着许多照片，其中一张鱼饵一般勾住了她的眼珠：那是唐亚娟和孟夫子的合影，孟夫子跷着二郎腿坐在沙发中，唐亚娟胳膊肘撑着沙发靠背，托住脸颊，微微含笑。在他俩身旁，五斗柜上，一台老式座钟的左前方，红木雕花的座底上正放着那只色彩鲜艳的粉彩壶。

刹那间朱蓓蕾心跳加剧，口干舌燥，想动弹却动弹不了。待她缓过神来，只听得耳后一声紧一声粗重的喘息，背脊被一具热烘烘的身躯贴住了，并且腰部下有硬邦邦的东西顶着。她慌了，四肢软绵，心脏胀大。欲挣扎，突然有两只手坚定地从腋下插入，狠狠地捂住了她的胸脯，并将她往床上拖。朱蓓蕾终于尖叫出声，并用双肘猛向后戳去。只听噗隆通一声，孟夫子仰面倒地。朱蓓蕾不顾一切奔出卧室，在门钩上抓起背包和外衣，狠命撞出门去。

朱蓓蕾一路小跑奔向地铁站口，一路泪似泉涌。下地铁站时，她先擦干眼泪，深呼吸平定心情。回首望望方才逃出来的那堆房屋，在初起的暮色中隐隐绰绰像小孩子搭的积木。她真希望自己只是做了一场梦。

朱蓓蕾噗地吐出一口恶气，恨恨地想：无论如何，至少证明了那只壶，你们曾当宝似的摆设着的！

此时，漫天的晚霞正惊心动魄地辉煌着。

11

朱蓓蕾惊魂未定地回到家，听得巧巧房中传出凤凰传奇的歌声，她晓得巧巧已放学，便先去厕所洗了把脸，将印在脸上的气恼、羞愧、不安和不甘擦拭得干净了，才轻扣女儿的房门，叫道："巧巧，巧巧，晚饭吃过了吗？"

巧巧咣地拉开房门，嘟着嘴道："妈，你今天不是调休吗？我连物理补习课都请假了，想拉你到徐家汇去逛美罗城的！"

朱蓓蕾忙赔着笑脸道："好呀好呀，妈也好久没去徐家汇了呢，我们现在就走。"

巧巧一扭身子："这么晚了，人家一大堆功课呢！"

朱蓓蕾哄她："没关系的，我们叫出租车去，晚饭总归要吃的嘛。我们去必胜客吃比萨好吧？"

巧巧道："妈你欠我一顿必胜客。今天不去了，我已经叫了外卖。"

朱蓓蕾的目光越过了巧巧朝里望进去，看见巧巧书桌上散落着肯德基的包装袋，还有一堆啃剩下的鸡骨头，因笑道："妈妈欠着你，那你做功课去吧。"便退进自己的房间。

朱蓓蕾筋疲力尽地仰面躺在床上，闭上眼睛，就看见孟夫子贼秃兮兮的坏笑，合扑过来，把脸埋进松软的枕头。脑海里又浮现出爹爹的那只粉彩壶，花团锦簇地撩得她心乱。现在朱蓓蕾已经肯定，唐亚娟夫妇是晓得这只壶的价值的！他们曾把它当作珍玩摆设在五斗柜上，而当自己向唐亚娟索讨这只壶时，他们就把它藏匿了，抑或已经高价转卖？还是自己太幼稚，以为可以利用孟夫子的色性，却不料反被他戏弄，差点让他得手。此刻朱蓓蕾犹如兵陷八卦阵，真正地进退维谷、冰炭在怀。便是在这绝望之际，电话铃声炸响了。

朱蓓蕾翻身而起抓起话筒，她认定是孟夫子打过来纠缠的，生怕被女儿抢先接听，横生枝节。

话筒中涌过来的却是金娣哗啦哗啦的招牌笑声。这时候，朱蓓蕾倒是欢喜金娣打来电话，一则金娣天性乐天爽快，跟她交谈不用煎心熬肺地斟酌词语；二则也想到金娣不是答应帮自己去向唐亚娟讨壶的吗？幸许真有回应了呢？便调顺了口气，故作松快状，问道："金娣，你最近生意特别兴隆是吧？成天笑！发了多少财对吧？"

金娣也是松快的口吻，道："大财是没有的，小钱嘛赚了一点，所以想请你吃饭呀。"

朱蓓蕾便道："吃饭就免了，我托你办的事……有眉目吗？唐老师她……什么态度呢？"

金娣大约停顿了一秒钟（也许这仅是朱蓓蕾的感觉），那随性的笑声又起，故弄玄虚似的拖长了音调："这个嘛——三言两语恐怕讲不清楚。你还没吃晚饭吧？立马穿上外衣出门，打的过来哟，我报销车费！"随即便讲地址，是靠近静安寺的一爿唤作"上海人家"的饭店。

朱蓓蕾原想拒绝，转念道：莫非金娣跟唐亚娟谈了，有新进展呢？否则金娣哪会这般破费请自己吃饭？便应允了。来不及涂粉画眉地装扮自己了，也没打扮的心思，披上外套，跟巧巧关照一句，便出门了。

朱蓓蕾赶到"上海人家"，天已墨擦黑。推门进去，餐厅大堂里几乎没有空桌。她伸长头颈左右前后地寻觅，不见金娣身影，心中骂道："痴头怪脑，不要寻开心哦！"

一位着玫红镶黑锻边旗袍的领位女招待袅袅婷婷走过来问道："小姐，你定位了吗？几位呀？"

朱蓓蕾慌道："没没没，是朋友约的我。这里是叫'上海人家'吗？"

女招待倩倩笑道："是'上海人家'，你朋友贵姓？"

朱蓓蕾迟疑道："姓金，叫金娣……"

女招待神情便恭敬起来："是施老板的太太啊，请随我来！"

朱蓓蕾心里鄙弃道："那阿施不过是个装修包工头，也称起老板来了！"只随着女招待穿过大厅，上楼，又在装饰得考究的过道里曲里拐弯走了一阵，在一扇镶金边的玻璃门前立定了。女招待优雅地手一摊，道：

"小姐，请进。"

朱蓓蕾嘀咕着：金娣何时出手此等阔绰起来？竟定了包间！推门进去，却见阿施也在，夫妻俩像接待国宾似的迎上来，一边一个，硬把她拖至正中的主客位坐下。金娣亲自为她斟茶，阿施不倒翁似的点头哈腰，笑道："赏光赏光，蓓蓓你是革命人永远年轻啊！"

朱蓓蕾满肚子狐疑，她和金娣交往这么多年，互相知根知底的，哪来这般地客套？其间必有蹊跷！拿定主意，耐下性子，且看他们如何排场。

餐桌上已有四只冷盘，两荤两蔬：醉炝膏蟹、盐焗草鸡、葱油萝卜丝海蜇，豆干丁拌野生马兰头，都合朱蓓蕾的口味。

朱蓓蕾晓得，单那只膏蟹就要百十来块钱，平素金娣哪里舍得点这么贵的菜？暗地里瞄了她一眼。金娣一脸殷勤的笑，搛起肥硕带膏黄的一块，搁在朱蓓蕾的盘子里。

阿施回头对女招待一挥手，将军发号令般道："就上热菜吧，我们是老朋友了，没那么多规矩。"

朱蓓蕾倒暗吃一惊，这般威势地招上来的，会是如何一道菜呢？

不一会，服务生端上来一只尺半长的大腰盆，盛着只红殷殷的大龙虾，毛估估起码两斤重！

阿施剃着板寸头，两鬓修得铁青，下巴上却蓄着寸把长的小胡子。咧开嘴一笑，两颊的肉便挤成两砣肉疙瘩，道："蓓蓓，我点菜的经验是不要多，但要精。这只龙虾是用奶油焗的，我家阿龙一人一顿好吃一只呢。你尝尝看。"便往朱蓓蕾盘里搛了一大块。

如此佳肴蓓蕾却品不出滋味，她一直提心吊胆地等着夫妻俩摊牌。从他们过分甜腻的笑脸中，朱蓓蕾感觉到隐隐的不安。她估计那牌底凶多吉少了！

不一会，服务生又用带荷叶边的镀金托盘送上来三只白瓷龙形耳加盖汤罐，一人面前放了一罐。朱蓓蕾哪见过这般阵势？猜不出那罐盖下盛放着什么山珍海味？便迷茫地望住金娣，金娣笑着三根指头捏住罐盖顶端的龙头钮，揭开盖子，浓香扑鼻，原来是黄澄澄大半罐浓稠的汤！金娣道："蓓蓓，这是鸡汁鱼翅参汤，佛跳墙总听到过的吧？就是它。大补品，还美容，尝尝呀！"

朱蓓蕾虽没喝过佛跳墙，却有耳闻，晓得价格不菲。胸口却翻江倒海，腻味得想吐。这一刻她觉得自己像只填鸭，先被塞饱肚子，随后就要被摁在砧板上受宰！她却不愿意任人屠宰，便放汤勺，直逼金娣，道："你们今天摆的是哪出鸿门宴？莫非与唐亚娟商量好了，要让我放弃那壶？金娣你不说出缘由来，我这就回家，我们朋友以后也不要做了！"

金娣又是跺脚又是捶胸道："蓓蓓，天地良心，向来我是跟你最知心的，怎么会帮着唐老师来坑蒙你呢？跟你说实话，你托了我去讨唐老师的口风，我思前想后，没敢去找她开口。这点我承认，我生怕惹唐老师生气，我们阿龙的中考还要她辅导嘛……"

朱蓓蕾白了她一眼："你早说不方便，我也不会强求你。"

阿施插话了，道："蓓蓓，你的事就是我们的事，我们怎么袖手旁观？金娣不方便出面找唐老师，还有我呢！来来来，喝汤，凉了口味就腻了。"边说边用小勺舀了一点白醋，倒入朱蓓蕾的汤罐中。

朱蓓蕾仍是怀疑："阿施你去跟唐老师说？能行吗？"朱蓓蕾晓得唐亚娟一向是看不起金娣这个男人的。

金娣扑哧一笑道："蓓蓓你忘啦？唐老师老公孟夫子公司的装修是我家阿施做的呀，孟夫子身边的朋友们，阿施都熟悉，根本用不到阿施自己出面找唐老师谈的。"

阿施一拍胸脯道："孟夫子要做点生意，许多地方靠朋友帮忙，懂吧？这在兵法上就叫做围魏救赵。先拿下了孟夫子，唐亚娟还不将壶拱手归还？"

朱蓓蕾轻轻地长长地"哦"了一声，看看金娣，又看看阿施。早晓得阿施拿捏得住孟夫子，自己何必……想起下午的遭遇，朱蓓蕾兀自耳热心跳，幸亏包房里热，个个都红光满面，遮掩了她的尴尬。朱蓓蕾便举起杯子，擎向阿施，道："我借茶代酒，先敬一杯！"又朝金娣道："方才错怪了你，莫往心里去哟。"

金娣哗啦啦笑道："蓓蓓你当我小肚鸡肠啊。"

朱蓓蕾道："既然是我托你们帮我，今天这顿饭一定该由我买单了。"事成之后，我还要另外请啦。一语既出，心里还是有点肉痛的。她晓得，这桌小菜没有两三千元是拿不下来的。

金娣破天荒不接嘴，只拿眼睛瞄着她老公。

阿施杯子里是啤酒，他跟朱蓓蕾"当"地碰了杯，仰面喝干了，手掌一压，道："蓓蓓，哪里能让你买单？以后我碰见乔老爷，面孔只好藏到裤裆里去了。今天，我跟你蓓蓓立下军令状，一定帮你把你爹的壶讨回来。我有朋友，是拍卖公司老总，他答应帮我拍个好价钱。到时候，我们两家五五分成，大家发财！"

这才叫石破天惊！原来金娣夫妇打的是这么一副想当然的好牌呀！朱蓓蕾一时间愕然语塞，不晓得该如何回应？

这边金娣迅速鉴貌辨色，便捏了拳头往阿施背脊上夯了一拳，嗔道："你瞎话三千什么呀！壶是蓓蓓的，我们哪能五五分成？最多四六开了！"

阿施呵呵呵一笑："四六开就四六开，我听老婆的。"

朱蓓蕾暗自冷笑：八字还没一撇呢，就想着分钱了！当然于心不甘，转而又想，自己还能有什么办法去讨回这把壶呢？也只有依靠阿施了。不如先应下来，等壶拿到手再理论不晚。便硬撑开脸皮堆出笑容，双手抱拳，道："金娣，阿施，那就拜托你们了。"

金娣连忙为朱蓓蕾斟茶，又为阿施斟酒，自己也倒了半杯啤酒，把杯子举起来，"咯咯"笑道："来，为我们合作胜利干杯！"

朱蓓蕾举杯的手抖抖擞擞，透过杯中琥珀色的茶汁看金娣和阿施，就像在大世界里照哈哈镜一样。

12

时近岁尾，天淅淅沥沥下着小雨。天空总是灰蒙蒙的，已有好几天不见阳光了。气象台报出的气温并不算太低，人的感觉却是阴冷一丝丝渗入骨髓。有点年纪的人都晓得，这种天就叫做捂雪天，是最难捱的。倘若有一股冷空气迅速地从北方南下，拱得那雪下下来，人的感觉便会爽快许多。偏偏近年来冷空气愈来愈弱，雪便像难产的孩子迟迟下不来。天就这么阴霾着，人心也就这么阴霾着。

朱蓓蕾心里的阴霾积蓄得厚了，沉沉一大块，压得她常常觉得喘气都艰难。自那日"上海人家"的聚餐后，朱蓓蕾说服自己相信了金娣夫妇的信誓旦旦。她不相信他们还能怎么办呢？对付唐亚娟这根橡皮钉子，她已经黔驴技穷了。现在她只有耐耐性子等待金娣夫妇的围魏救赵之计能替她讨回爹爹的粉彩壶。至于跟金娣夫妇如何分成？朱蓓蕾的心里价位是给他们三五万块钱做报酬，这显然与金娣夫妇的目标相距很远。朱蓓蕾暗忖，待壶拿到手后再筹谋也不迟，或者可借口哥哥要留壶做纪念，不卖了。

朱蓓蕾原以为有了金娣夫妇的承诺，她可宽心许多。心头聚集的阴霾却总不见消散——她明白，骨子里，她是信不过金娣夫妇的，特别是那个阿施，流里流气的模样！万一……万一什么呢？朱蓓蕾说不清，只是一种隐隐的不祥。

日子却按部就班照常要过，要翻三班，要清理房间，要洗衣物，要替巧巧准备一日三餐……朱蓓蕾甚至还找出了巧巧小时候的旧毛衣，拆了，洗了，用旧毛线相拼起来为老公织花色毛衣。她希望自己忙得不可开交，就没有闲暇去担忧金娣夫妇如何实施围魏救赵计策的事情了。

大约过了十天半月光景，朱蓓蕾不曾扳着手指算日子。那天她是早班，交了班不过两点靠过，她正打算去浴室冲澡，护士长叫住了她，说医务处来电话，让她立马到主任办公室去一趟。朱蓓蕾惊讶道："医务处找我什么事呀？"护士长摊开手道："我也不清楚。"旁边护士不无妒忌打趣道："不定要调你去医务处上班，好不要翻三班了呢。"

"不可能，不可能！"朱蓓蕾斜了眼护士长，连连否定。她哪里敢奢望这样的好事会落到自己头上？按常规，都是各病区的护士长才有可能往办公室调。朱蓓蕾也不敢懈怠，护士服都来不及脱，便匆匆去医务处。终究心里还是有点期盼的。

朱蓓蕾先笃笃扣了两下门，听得里面有人道："请进！"方才推开门。却惊悚了一下：怎么主任办公室的长沙发上坐着一男一女两位警察？都警衣肃正，面孔平板，没一丝笑容。慌忙想退出门去，却被主任叫住了。主任道："小朱，这两位派出所民警同志想找你谈点事。你不要紧张，如实回答他们的问题就行了。"

朱蓓蕾脑袋轰地一下，人晃了晃，扶住了椅子背：警察为什么要找自己？莫非巧巧被人贩子拐走了？电视新闻中不是常有这样的报道？不会吧？巧巧那么大的人了，哪会轻易上当受骗？要不是老公开车出了车祸？老公向来谨慎，再说主任称他们是派出所的民警，也不是交警呀！脑袋里成千上万的问号拉洋片似的闪过，手脚却动弹不得。却听主任道："民警同志，我还有个会议，你们就跟小朱同志直接说吧。小朱同志在我们医院工作许多年了，上上下下口碑都不错，常常有病员给她写表扬信呢。"

有主任最后这句话，让朱蓓蕾的心稍微宽松了一些。待主任一出门，那位男民警就道："朱蓓蕾你坐下谈吧。"她方才坐下，眼望着脚尖，手心里全是汗。

却见那个女民警翻开了一本笔记本，一手捏杆水笔，做出要记录的架势。朱蓓蕾的心又开始悬挂起来："怎么像审犯人似的？"

男民警开口问："朱蓓蕾，你认识唐亚娟吗？"

朱蓓蕾听到这个名字，忐忑不安的心一下子落定了，不免暗自冷笑：

原来是她恶人先告状啊！便抬头迎着男民警锐利的目光，坦然道："认识。我们是一条弄堂里玩大的小姐妹嘛。"

男民警皱了下眉头，又问："最近，你们之间发生了一些矛盾，是吗？"

朱蓓蕾略沉吟：唐亚娟已经报警，看来自己要瞒也瞒不住的。索性把事情摊开来，让警察同志评评理看！便道："是发生了一些纠葛，我爹爹生前用过一把祖传的粉彩壶，只怪当初我眼乌珠戳瞎，不晓得那把壶其实价值连城，也不晓得唐亚娟貌似厚道，实则为人狡黠，她说她喜欢那把壶，我就送给她了。现在我哥哥问起这把壶，想要壶做个纪念。我便向唐亚娟说明缘由，望她将壶还给我。可她推三推四就是不肯还，编出种种理由搪塞我。民警同志，我也正想问问你们，唐亚娟这种行为算不算侵占他人财产？算不算不当得利呢？"

男民警和女民警对望了一眼，男民警道："关于这把壶究竟应该归谁所有，这个问题你完全可以通过法律手段来解决。就算理在你这边，你也不可以采用非法手段去追讨啊！"

朱蓓蕾咚地从椅子上跳起来："民警同志，诬告算不算诽谤罪？我怎么采用非法手段啦？我只当面问过她一次，她说回家去找找看。后来我又打过一个电话问她，她正在给学生补课。她说那只壶被她老公丢了，才说了这一句，就摔了话筒。这难道也算我采用非法手段吗？"

男民警怀疑地扬起浓眉："那……你有没有唆使什么人或者买通其他人给唐亚娟打恐吓电话，发威胁的短信呢？"

"没有，肯定没有！这把壶的事，我连我老公都没告诉，怎么会去买通其他什么人做这种下三烂的事呢？"朱蓓蕾用力摇头，口气斩钉截铁，可说到最后一句，声音却软弱起来。她猛地想到了金娣和阿施，像阿施这种人，是做得出这种事情的！原来这就是他所谓的"围魏救赵"的妙计呀！朱蓓蕾想向警察说出自己的判断，转而又忍住了。人家毕竟是在帮自己讨回粉彩壶，警察不提，自己何必将他们夫妻两人牵扯进来呢？

　　男民警与女民警又对视了一眼。女民警便合上笔记本，男民警面孔线条柔和了一些，道："朱蓓蕾，这桩事体我们还会深入调查的。你也再仔细想想，还有什么人知晓这把壶的事？"说着递过一张名片，"想起什么，就给我打电话。"

　　两位民警告辞后，朱蓓蕾不敢回自己病区换衣服，生怕同事们会问长问短，只穿着工作服就回家了。坐在地铁上，她只觉得头重脚轻，双颊滚烫。回到家一量体温，38度5。支撑不住，横倒在床上。昏沉沉睡了一会，被电话铃吵醒。原来是巧巧，说晚上老师还要补课，不回家吃晚饭了。朱蓓蕾关照了她几句，自己吞了颗安乃近，又闷头睡去，竟不晓得巧巧是几时回家的。

　　次日一大早，巧巧上学之前跑进她卧室，摁摁她的额头，道："妈，你病了。昨晚我回家，你睡得死沉死沉，脸上都是汗。今天别去上班了好吧？"

　　朱蓓蕾点点头。待巧巧走后，她真就给护士长打电话请病假，不仅因为身心俱疲，她估计昨天民警询问自己的事一定都传开了，趁机躲避一下也好。

　　朱蓓蕾为自己熬了锅白米粥，就着酱乳瓜吃了一小碗。半夜里发汗将睡衣都濡湿了，不敢冲澡，擦了擦身子，换了干净的衣服。原想继续睡觉，却接到了金娣打来的电话。

　　话筒中依然哗啦啦哗啦啦的声音潮水般涌过来，却不是笑声，而是哭声。金娣哗哗哗地号啕了一阵，道："蓓蓓，我们阿施为了你的事，被警察带走了！你要帮忙去跟警察说说，那把壶是你爹的遗物，我们阿施是帮你讨壶呀……"

　　朱蓓蕾气不打一处，恨道："我也没让他发恐吓信打威胁电话呀！你不是说阿施有朋友认得孟夫子吗？说得好听，还围魏救赵呢！昨天警察都跑到医院找我谈话了你晓得吧？我在医院里多少年的好名声算是完蛋了。不过我可没在警察跟前提起你和阿施一个字噢！"

金娣缩着鼻子道："我没料到唐老师这样辣手，真会报警。唐老师太精怪了，阿施捏着鼻子打的电话，还是被她听出来了！"

朱蓓蕾愈是气恼，道："活该！早晓得你们阿施这么弱智，我宁愿不要那把壶，也不会求他帮忙的！"

金娣又开始嚎哭，一边嚎一边道："蓓蓓，我家阿龙还小，我剃头能赚几个钱？我们家全都靠阿施打拼呀！不管怎么说，他总是为了你的壶才犯事的吧？我还能求谁呀？只有你蓓蓓能帮我了。你去求求警察好吗？你家乔老爷大小也是个经理，总归有点人脉关系吧？去托托人好吧？要花多少钞票你只管开口好了……"

朱蓓蕾被她聒噪得心乱如麻，却也在琢磨：警察既然已经晓得是阿施做的案，为何昨天不跟自己明讲呢？难道他们并不相信自己，还在考察自己？这么一想冒了一身的冷汗。便对着话筒道："好了好了，你不要再嚎了好吧？我马上联系那两个民警，横竖帮阿施讲讲情啰！"

金娣在电话里是千谢万谢，还说阿施出来后要重新请朱蓓蕾吃饭，朱蓓蕾差点没把刚喝下去的粥吐出来。

朱蓓蕾按名片上的号码跟那位民警通了电话后，破天荒叫了部出租车赶往他们所在的警署。依然是昨天到医院的那两位民警接待她。未开口，她先红了眼圈，诚恳检讨自己情面观念太重，隐瞒了一些事情。便将围绕那把壶发生的种种情节子丑寅卯一一道来，连要女儿去唐老师家打探壶的下落的事都说了，只是隐去了自己找孟夫子喝茶的那一节。民警特别关注金娣夫妇请她吃饭的情况，点了哪些菜？如何商议讨壶的方式？"围魏救赵"是什么意思？最后约定分成的比例？等等。朱蓓蕾再不敢有点滴隐瞒，据实而言。

两位民警交换了一下眼神，那位男民警道："小朱同志，你反映的情况跟嫌疑人交待的基本一致，我们这个案子可以结案了。鉴于嫌疑人的犯罪事实尚未给受害人造成实质性的危害，嫌疑人到案后认罪态度了比较好，本着教育挽救人的原则，我们决定不将嫌疑人移交检察机关，15天拘役期满他便可回家了。"又笑道："小朱同志，以后交朋友，眼睛可要擦擦亮哦！"

朱蓓蕾不想再听到金娣虚伪空洞夸张甜腻得碜牙的声音，跨出警署大门，她便给她的手机发了条短信："阿施过几日便可出来，罚金由我代你付了！"

<h2 style="text-align:center">13</h2>

朱蓓蕾站在警署门外左右望望，有好几部闪着顶灯的空车从她面前驶过，她忍了忍，没有抬手扬招。这个警署是分管唐亚娟家所在的区域的，方才赶着过来，等于从城市的西南头赶往东北头，足足花了她五十多块出租费。回去她是舍不得乘出租了，看到隔几个街口有地铁的标志，便慢慢踱过去。

天空依旧是阴沉沉灰脱脱一片，让人判断不出时辰。马路中间绿化隔离带，落叶树早就褪尽枯叶，任凭空枝纵横交错；常青树纵有绿叶，也因蒙上太多的城尘，显得没精打采。朱蓓蕾目测那地铁口的标志并不很远，却走了一条街口，又走了一条街口，抬头再看，它还在前面街口。朱蓓蕾只觉得头晕眼花，双腿酸软，实在是拖不动脚步了。她摸出手机看看时间，竟已是午后近两点。难怪没有力气，早上那一小碗粥不晓得消化到哪个犄角旮旯里去了。便踅进沿街的一爿单铺面的饮食店，要了碗鱼香肉丝面，外加一只荷包蛋。饿狠了，吃了几筷，却又吃不下了。

朱蓓蕾拖着疲惫的身子，委委顿顿总算回到家里。蹬上楼梯，她发现自家的房门是虚掩着的，心想："巧巧今日怎么下学得这么早？"推门进去边喊："巧巧，今天晚上没有补课呀？"

却没有应声。朱蓓蕾心疼地忖道：累坏了，睡着了吧？肯定又没脱衣服。连忙换了拖鞋，转过客厅，霎时间却怔住了——她看见一个熟悉的身影正陡立在落在窗前，双臂抱胸，指间夹着一支点燃的烟！

"咦？你怎么回来了？这个月休假提前啦？"朱蓓蕾的声音因惊喜而颤抖，连忙跑过去，拉开落地窗，一边用手扇着烟雾，一边娇嗔道："嗳嗳嗳，怎么又抽上烟了？巧巧回来要骂死你了。快灭了它，通通风，不要让巧巧闻出烟味哦。"说着伸手去灭他手中的烟，却被乔老爷闪过。他一屁股坐进沙发，并故意狠狠地吸了一口。

朱蓓蕾觉出了乔老爷举止有点不大对头。老公向来敦厚温顺，当年她怀了巧巧，让他戒烟，他二话不说，当即将家中的香烟统统丢进垃圾箱了。再打量乔老爷，竟外衣不脱，鞋子不换，一张面孔，跟外面捂雪的天空差不多，黑沉沉布满了乌云。更让朱蓓蕾揪心的是，自她进得房门，乔老爷的眼乌珠就没朝她身上转一转。平素，乔老爷一进家门，那眼乌珠便一刻也离不开老婆的呀。

朱蓓蕾忽地心悬悬意煎煎，伏下腰身，扳住他的肩胛，柔道声问道："老公，你怎么了？病了？"抬起手去摸他额头，却被他"啪"地一记打开了。

朱蓓蕾手背被他刮得麻辣辣痛，他从来没有这般粗鲁地对待过自己呀！朱蓓蕾又气又急，嗓音屏得尖利："你到底怎么了？出什么事了？"

乔老爷终于开口了，冷笑道："出什么事？你最清楚了，还来问我？"

这冷冰冰的一句便像一巴掌扇在朱蓓蕾面孔上，面颊顿时火辣辣烧起来。她自然清楚乔老爷所指何事，咬住嘴唇，深呼吸镇静了自己，嗫嚅道："是……是唐老师……跟你告状了？"

"还用人家来告状吗？警察都跑到我们度假村来了！"乔老爷腾地站起来，戳着朱蓓蕾的鼻尖，闷闷地吼道："我真想不到你竟有胆子做出这种不要脸的事情，这才叫做人不可貌相，海水不可斗量呢！"

朱蓓蕾心格登了一下：他竟骂我"不要脸"，难道自己约孟夫子喝茶那一节他也晓得了？抖抖擞擞问道："我怎么不要脸啦？我只不过想把爹爹留下的壶讨回来嘛……”

乔老爷恨道：“且不说你把那壶讨回来的目的是什么，就算你讨得有理，你也不能让阿施打匿名电话威胁人家呀，你是幼稚呢？你还是犯浑呀？”

朱蓓蕾稍松了口气，看来老公所指的“不要脸”，仅是指阿施那一档行径。刚想解释几句，多少天来积蓄起的懊恼忧虑焦灼委屈汹涌澎湃涌至胸口，那眼泪便抑制不住地滚落下来，只憋憋屈屈啜泣道：“我何曾要阿施去做犯法的事体啦？是金娣信誓旦旦说阿施有朋友跟孟夫子有生意上的往来，还说什么用围魏救赵的兵法帮我把壶要回来。我根本不晓得他们的兵法是去打匿名电话发威胁短信。我都原原本本告诉警察了，连警察都相信我，你还不相信我呀？”

乔老爷嗓门稍微轻了一些，道：“关键你去向唐老师讨回那把壶就没有道理。平素你怎么说的？不好忘记唐老师帮巧巧考上重点高中对吧？难道你跟她几十年的友谊还不及一把旧茶壶要紧吗？”

朱蓓蕾瞟他一眼，咕唧道：“从前我也不晓得那把壶有多值钱，糊里糊涂就送掉了……”再瞟他一眼，“就是上回跟你一起看的《百家讲坛》，那个马未都讲，一只粉彩寿桃的瓶拍卖了四千多万港币……”又瞟他一眼，“我爹那把壶上的花纹跟那只瓶是一模一样的呢！”

乔老爷再吸口烟，便把烟蒂揿灭了，站起来，逼到她跟前，道：“你没房子住吗？你吃不饱穿不暖吗？我每个月拿回家的钞票你不够开销了吗？哦——你是嫌我赚钱赚得少是吧？你是羡慕那种傍大款的女人是吧？……”

乔老爷问一句，朱蓓蕾摇一下头；再问一句，再摇一下头。朱蓓蕾头都摇昏了，乔老爷仍不肯罢休，仍一句追一句问。朱蓓蕾正无处逃遁，忽听得门锁哐当一声响，她急忙压着嗓子道：“老公，别说了，巧巧回来了！”

巧巧进屋一眼看到爸爸，鸟儿般飞扑上来，两臂吊住爸爸头颈，连连喊道：“老爸，老爸你回来得正好！这几天我做题库做得脑袋都僵掉了，老爸陪我打几盘魔兽世界好吧？妈，老爸难得回家，你一定要批准哟。”

朱蓓蕾偷瞄了老公一眼，见他铁板的面孔终于柔软起来，忙道："好吧，看在你爸面子上，就放你一回假。你们玩会，我去烧饭。"心中忽就云破雾散了。

这一整天，朱蓓蕾哪得空去菜场？在厨房东翻西翻，翻出半棵白菜，一截胡萝卜，一支冬笋，冰箱里还有一段鳗鲞和一块腊鸡腿。为了讨好老公，朱蓓蕾使出了浑身解数，精心配置有限的食料，蒸烩炒炖，个把小时后，竟端整出一桌蛮像样的家宴来：先是一锅腊鸡腿香菇煲饭，再是一碟葱姜清蒸鳗鲞——乔老爷最爱吃的；另配一碟胡萝卜冬笋炒肉片，一碗虾米干贝白菜汤。便喊出父女俩个上桌。因有巧巧在，乔老爷和朱蓓蕾都装出合家团聚其乐融融的样子，东拉西扯说些家长里短的闲话，最多还是谈论巧巧考什么大学啦，学什么专业啦，言语之间一桌菜风卷残云般见盆底了，连那锅腊鸡饭都所剩无几。朱蓓蕾一直悄悄地观察乔老爷，见他胃口蛮好，就着鱼鲞吃下两碗腊鸡饭，便稍稍定了心。

朱蓓蕾边收拾碗碟边关照巧巧道："好去做作业了吧？别再缠爸爸了，也让爸爸歇歇呀。"心里是盘算支开巧巧，跟老公好好解释一番的。

她三下五除二地洗好碗筷，解下围裙，急忙踅进厕所间。洗手池上的镜子里，映现出的女人，眼泡浮肿，面色蜡黄，头发凌乱，自己见着都讨厌，怪不得乔老爷懒得看呢。

朱蓓蕾以最快的速度洗脸，涂护肤霜，待要画眉点唇，又犹豫了。朱蓓蕾晓得平素乔老爷不喜欢女人打扮得娇艳，况且这一刻他正在气头上，眼睛凶得很呢！还是素面朝天地去面对他，由他评说。

朱蓓蕾惴惴不安地走进卧室，却见乔老爷已穿好外衣，夹着公文包，一派要出门的架势。

朱蓓蕾心一沉，扑上去拽住乔老爷的胳膊，哭腔道："老公，你现在这个时候还要到哪里去呀？"

乔老爷仍旧没好声气："今天又不是我的假期，我当然要赶回青浦去的！"说着便要甩开朱蓓蕾。

朱蓓蕾死不松手，道："现在已赶不上回青浦的班车了呀，明天上午回去也不迟嘛，谁会说你呀？"

乔老爷瓮声道："你那样想要赚大钱，索性你把这个家也拍卖了。你我既然所求不同，何必再住在一个屋檐下呢？"

朱蓓蕾惊骇地瞪大了眼睛，狠狠揉了他一把，哑着嗓道："你说什么呀？巧巧就在隔壁呢，我爹娘的魂灵也在上头看着你呢！"不觉哽咽起来："我想把壶讨回来，挣些钱，也是为我们这个家着想，也好让你不要那样辛苦……你现在倒想撇下我们母女，讲得冠冕堂皇，谁晓得是不是外面有了花头！"

乔老爷嗤地苦笑一声，道："我会有什么花头？若不是你鬼迷心窍搞出这么些花头，我若有丝毫撇下你们母女的念头，叫我天打五雷轰好了。"

朱蓓蕾缩了下鼻子，怯怯道："老公，我若不去讨这只壶了呢？你今天晚上好留在家里过夜吗？"

乔老爷将公文包放在茶几上，问道："你真的不跟唐老师去讨壶了？"

朱蓓蕾连忙点头。

"你真的放弃那只壶了？"

朱蓓蕾更用力点头。

"你真的不想当千万富婆了？"

朱蓓蕾捏起拳头娇嗔地去捶乔老爷的肩胛，乔老爷一把捉住她的手，正经道："好，我们拉钩上吊，一万年，不许悔。"便伸出一根小指钩住朱蓓蕾的小指，上下晃了晃。朱蓓蕾扑哧破涕为笑，趁势倒在乔老爷怀里。她用力嗅着老公身上那股每每令她耳热心跳的气味，胸中的块垒一丝丝地融化开来，无论爹爹那只粉彩壶能卖多少钞票，跟身边这个男人比起来，都微不足道的了。

数日后，哥哥从西安打来电话，告诉朱蓓蕾他已订好了新年回上海探亲的飞机票。朱蓓蕾稍加迟疑，决定对哥哥实话实说，便叹道："哥，我要跟你说声对不起了。你记得爹常用的那把粉彩壶吗？壶把被妈拗断了。唐亚娟想要，我就送给她了。后来听讲这种粉彩瓷很值钱的，你不会怪我吧？"

哥哥嗬嗬一笑道："没关系没关系，你若喜欢，哥再送你一把。"

朱蓓蕾半是疑惑半是惊讶，道："哥，你发大财啦？听讲要上千万一只呢。"

哥哥又笑道："蓓蓓，你说的是古董瓷的价格。爹那把壶是现代工艺品，那年我刚参加工作，晓得爹爱喝茶，就用头个月的工资给爹买的，大约五六块钱吧。这几年也涨了几十倍了。

朱蓓蕾怔怔地捏住话筒，好半天出不了声。那话筒上棱角分布的九个小孔也像一副狡黠的戏谑的微笑。

青玉案

1

玉蚕一觉醒来，怅怅然不知身处何方，心里空得发慌，就像衰草败叶上的一截枯蝉衣。怔忡片刻，眼珠子兜兜转转地寻觅起来，铮地就撞在玻璃窗长方形的一块靛青上，蓦地一个激灵：该起床了，露水一干，桑叶就摘不成了。

她记起来，她和苍籽带着蛾宝是昨天住回家的。今年天暖，未至清明，焐在娘胸口的蚕种十有八九都变得黑青黑青。娘说，刚出的细蚕一定要用带露水的嫩桑叶切成丝来喂。她家的桑园都在远山上，娘有了些年岁，攀不动了。玉蚕夫妇是回来帮娘摘桑叶的。

十年前，远近山村家家户户的女人都养蚕，娘还是县里面评选出来的剡溪十大蚕娘之一。娘养的蚕结的蚕茧，珠光宝色，柔软而有弹性，不易折断，很受大小茧丝行的欢迎。日子如剡溪水汩汩地流淌过去了，县城省城的丝厂一爿爿倒闭了；乡里镇里的茧丝行一间间关门了；山畔溪畔的桑园一座座荒芜了，现如今，村子里养蚕人家已不足十户，年轻的女人宁愿到城里做洗头妹或KTV小姐，谁还愿意披星戴月栉风沐雨地辛劳？只有娘还是兢兢业业地养蚕。爹爹临终前，娘哽咽着对他发了誓：一定会让玉松进大学念书，一定会为玉松造一座楼房。玉松是玉蚕的弟弟。娘在玉蚕五岁那年还养过一个女儿，为了能替爹爹生个儿子，娘一闭眼，就把出世三天的小女儿送了人。爹爹咽气时，玉松才上小学四年级。娘一日都没忘记她跟爹发的誓，于是她愈发辛苦地养蚕，并且狠心让玉蚕辍学做帮手。现如今，玉松已经考取了县一中，家里的楼房也盖到二层了。

玉蚕觉得胸脯一阵阵胀痛，是因为苍籽强壮的手臂正压在她奶水充沛的乳房上？她便用力将苍籽的手臂推开。苍籽哼了一声，啪地又将手臂搭上来。玉蚕在他臂上拧了一把，嗔道："滚开，蛾宝要吃奶了！"苍籽叭地翻了个身，面朝里又睡了过去。苍籽酣睡的鼻息非常均匀，如同天边远山绵延起伏的剪影，苍籽有了玉蚕和蛾宝，日里快快乐乐地砍竹劈竹编竹器，夜里睡梦里也会笑。

苍籽啊苍籽——

玉蚕轻悠悠地叹了一声，便抱起蛾宝，将乳头塞进蛾宝花骨朵似的小嘴中。蛾宝狠命吮着乳头，玉蚕柔软的心中泛起一阵酸楚，骂了句："饿狼相！就像你爹！"

玻璃窗那块长方形的靛青稍许浅淡一层，愈发的新鲜，泛着丝绸般的光泽，就像娘围单上的素缎补丁。前日，娘搭蚕架时钩破了围单，玉蚕道，镇上小卖部有卖现成的围单，各种花式花样，也不贵，头两块钱一条，叫苍籽帮你带回来。娘却不舍得花那两块钱，从被柜里翻出一卷素缎，候着边裁下长方的一块，补上了。那卷素缎是当年娘评上十大蚕娘时县政府奖励的，是供娘压箱底的。

乡下的天空就是跟上海的天空不一样，玉蚕茫然地想着。三年前，玉蚕去上海服侍突发脑梗的大姨娘，她睡在客厅的沙发上，清早醒来，从宽大的落地窗望出去，天空是混沌的灰白，像淘米泔脚水。香萍你就日日看那淘米泔脚水去吧！玉蚕的胸口像被人撕了一块，痛得她直蹙眉。抬手在蛾宝的小屁股上拍了一掌，小祖宗，轻点，没人跟你抢。

香萍是玉蚕娘家邻居小姊妹，前年去了上海投远亲学美发。昨日，娘拿给玉蚕一条包装精致的儿童裙装，说是香萍送给蛾宝的见面礼。玉蚕惊讶道："香萍回来啦？"娘淡淡回应道："听讲回来办喜酒，宿在县城宾馆里，新郎官讲是上海人，口音又不像上海人。"

玉蚕听到楼下灶间里木柴噼啪爆裂声，水瓢哗啦舀水声，慌忙用脚蹴了下苍籽，催道："娘在烧水了，快起来。"

苍籽起床的姿势是令人陶醉的，鲤鱼打挺一般，边说道："我早醒了。"

玉蚕撇撇嘴："方才还鼾声如雷呢。"

苍籽便将热烘烘的脑袋拱到玉蚕怀里，像是要跟蛾宝争食一般。平常这般情状，玉蚕心比蜜甜，任由他作闹。这会却觉得腻烦，一把推开他道："弄醒了她，你背她上山！"

蛾宝噙着乳头睡着了，玉蚕慢慢将乳头从她嘴中抽出。小棉被一裹，抱着她下楼去。楼梯是粗糙的水泥板，一边的扶手还没来得及装。玉蚕抱着蛾宝，尽量靠着墙，小心着脚底，一步一步下了楼。

娘起这幢楼，燕子唧泥筑巢般，积了点钱，起两面墙；再积点钱，再起两面墙。娘心中的憧憬是起一座三层琉璃瓦带前后阳台的漂亮小楼，娘是为玉松争这张脸。现如今楼已盖到两层，二层楼原计划的三间卧房，仅收拾好一间，平常玉松从学校回家时睡，这几日便让玉蚕一家住了。

娘从灶间端出两海碗堆得冒尖的米面，道："先垫垫饥，回来再吃正餐。"米面在当地又叫"啥姆面"，专给坐月子的妇女吃的。娘做的米面里有虾米、笋丝、鸡丝、蛋皮、梅干菜，味道鲜美。玉蚕坐月子时，三餐都吃不厌。

玉蚕将蛾宝交给娘，端起碗肚子已经饱了。见苍籽呼哧一口就吞进去小半碗面，便从自己碗里挑了一半给他。苍籽也不推却，呼哧呼哧，几下子就横扫千军了。

娘抱着蛾宝摇晃着，哼着的笃板小调当催眠曲。玉蚕和苍籽背起竹筐一前一后相跟着进山了。

2

千年不变的是山里的雾帐，描画出瞬息万变的山里的景致，引逗着文人骚客们留下多少传世佳句。玉蚕嫌雾把人的眼光隔断，压抑得人喘不过气。苍籽却兴致蛮高，拉开嗓门唱起来："弟兄二人出门来，树上喜鹊成双对，喜鹊从来报喜讯，恭喜贤弟一路平安把家回——"苍籽唱了梁山伯，扭回头看看玉蚕，等着玉蚕接唱祝英台。玉蚕白了他一眼："省点气力吧，摘了桑叶，你还去不去县城啦？"

苍籽呵呵一笑道："你同意我去竹器厂上班啦？"

玉蚕朝他背脊上搡了一把，恨声道："你想得美，我是让你去竹器厂回头那个母夜叉的。你当我不识她十字坡的人肉馒头？"

苍籽苦笑道："人家孙厂长看中我的手艺，一番诚意邀我加盟。每月有固定工薪，开发新产品还可以提成。你想想，我一个人又要做又要卖，一年能赚几个钱？你娘的屋还未盖全，我们自己的屋不晓得猴年马月才能盖呢！这原是桩求都求不到的好事，倒被你说成母夜叉十字坡打劫了！我说玉蚕啊……"有几句埋怨的话，涌到舌尖又吞回去。苍籽舍不得让玉蚕生气，宁愿失去这千载难逢的好机会。

玉蚕听着苍籽的脚步声重了起来，格登格登地蹭得小石块稀里哗啦往下滚，晓得他心里不痛快。苍籽编竹器的手艺在剡溪两岸方圆百里是出了名的，玉蚕当然晓得这个机会对苍籽来说是多么重要。可玉蚕十二分地不喜欢那个孙厂长神采奕奕的模样，不喜欢她眉飞色舞地跟苍籽说话的腔调，更不喜欢苍籽目光炯炯地盯着她，聚精会神听她讲话的神态。况且县城离他们村好几里地，苍籽若去竹器厂上班，就得住宿县城，一个礼拜方能回来一趟。玉蚕追着苍籽的脚步默默走了一阵，忽然就迸出了一句：

“我为了你呢？连上海都放弃了呢！”

苍籽没有回头，很大声地道：“你放心，我今天就去回头孙厂长！”

玉蚕投出那句话时，自己也吓了一跳，三年了，蛾宝都五个月大了，原以为早灭了做上海人的念头，哪晓得那个念头从来没死过，只是悄悄地蜇伏着。

3

三年前。玉蚕差一点就成了上海人。

大姨娘是玉蚕娘的表姐，十七岁时，为了逃婚，偷偷乘船沿剡溪跑出大山，参加了抗日流动宣传队，后来又参加了新四军，解放后进上海当了干部，县城档案馆里还挂着她的照片。大姨娘自己有两个儿子一个女儿，儿子女儿一个接一个出国留学，结果宽敞的公寓里只剩下大姨娘和大姨父两个老人了。那年大姨娘突发脑梗阻，大姨父写信到乡下讨救兵，想找个贴心的亲戚服侍大姨娘，娘决定让玉蚕去上海大姨娘家帮工。娘捏着玉蚕粗糙的手，望着她晒得黑黑的面庞叹道：“娘晓得亏待了你，你表姐不在姨娘身边，姨娘喜欢姑娘，她会待你好的，在上海替你安排个去处也说不定呢。”

玉蚕是乖巧的，温顺的脾气，勤快的手脚，很讨姨父姨娘的喜欢。喝了半个多月上海氯气味很浓的水，玉蚕的面孔就泛白、透红了。大姨娘捏着玉蚕的下巴横竖打量着，道：“这张俏脸要是有哪个导演相中，不定又是个刘晓庆巩俐呢。不要回去了，姨娘想办法让你学个手艺，有合适的人嘛，就成个家。”

玉蚕心怦怦跳着，含混道：“娘身体不好，弟弟还小……”

大姨娘笑道：“傻丫头，你回去能帮你娘多少？还不如在上海赚钱补贴你娘呢！”

数月来，玉蚕已经习惯了上海的日子，习惯了用薄瓷小碗盛饭。习惯了三日两头冲澡，习惯了进屋就换拖鞋……大姨娘果然不食言，待她病情好转能下床了，便替玉蚕在社区学校报了裁缝班，每星期周六周日上两次课。大姨娘不让玉蚕去餐馆做招待，也不让玉蚕去理发店当学徒，更不准玉蚕去歌厅夜总会当小姐。大姨娘对玉蚕的前途是很负责的。大姨娘把家中废弃多年的蜜蜂牌缝纫机拖出来，放在靠阳台的落地窗边上，让玉蚕练习做衣裳。玉蚕学得很认真，她心里对未来有了许多憧憬和向往。

玉蚕原打算过年都不回乡，继续上缝纫中级班。大姨娘便道，玉松成绩考得好，也该给他一个奖励，索性让他到上海玩一趟。放寒假后，玉松就到上海来了。玉蚕陪他逛了外滩南京路，逛了豫园城隍庙。大姨娘还特地让姨父陪玉松去参观了交大的校园。玉蚕这才得知，爹年轻时差点就考上了上海交通大学，却因为祖父是地主成分，没通过政审这一关，才落了榜。玉松当即表示，将来自己考大学，头一志愿就是填交大。

玉松在上海玩得很尽兴。临走前一天晚上，玉蚕帮他整理行李，把大姨娘送给亲亲眷眷的礼物分别包好，写上哪家哪房的名字。她自己也准备了一些乳霜指甲油之类的小礼品送给村里要好的小姊妹。有一把电动剃须刀，玉蚕花得钱最多，用报纸包得严严实实，塞在玉松旅行袋最底部，关照玉松千万记着把这包东西送到上岭村交给苍籽，说是苍籽托她买的。玉松便道："怪不得呢，苍籽哥就要做新郎官了，所以也讲究起来。"

玉蚕把旅行袋里的东西挪东挪西，愈理愈乱。闷了一阵，问道："苍籽做新郎官？新娘子是哪个？没听他谈过对象嘛。"

玉松道："香萍家相中他了，托村长去保媒。苍籽上哪片竹山砍竹，香萍定归去那片竹山挖笋。村里有人在山里面撞到过他们。"

这日晚饭，玉蚕吃得很少。大姨娘只当她留恋玉松，并不当回事。次日早晨，玉蚕忽然提出想跟玉松一起回乡看看娘，过了年就回来。玉松自然喜欢姐姐与他一道回家过年，大姨娘善解人意，年轻姑娘头一次出来打工，想家想娘也是人之常情，便一口答应了。只是搞车票颇费了一番周折，幸好大姨娘在铁路局找到了熟人。玉蚕离开大姨娘家时，只随手往包里塞了两件替换内衣，大姨娘送给她的许多衣物都没有拿。那一刻，她以为自己不过回乡过个年，很快就会回上海的。

乡下的农历年无非是吃了这家吃那家，吵吵闹闹一晃就过去了。娘杀了两只老母鸡，煮熟了，塞进一只罋里，特为跑到镇上买了一篓上品米面。这些东西都是准备带给大姨娘的，大姨娘越上了年纪，越想吃家乡的东西。

过了财神爷生日，娘就催玉蚕回上海了。你大姨娘毛病才好，又是做不惯家务的享福人，身边少不了一双手。玉蚕在上海学裁缝的消息早已在村里传遍，乡邻们羡慕夸赞的言语让娘心底里对玉蚕的愧疚减轻了许多。

玉蚕手脚利落地抹桌子涮碗，道："不急，陪你过了元宵嘛。"随即轻轻哼起了"十八相送"："……英台若是女红妆，梁兄你愿不愿配鸳鸯……"娘只道女儿孝顺，便由她去了。

过了元宵节，娘又催玉蚕回上海。歇了多半个月了，才学的裁缝不要荒废了，可不能辜负大姨娘对你的苦心栽培哟。玉蚕正在往喷药水的罐里倒杀虫剂，道："再晚几日吧，给桑园打完了药水再说，"几公斤重的喷药罐，轻轻巧巧就背了起来，细巧的腰杆还挺得笔直。娘心里想，女儿毕竟懂事了，若大桑园，又都在半山腰以上，打药除虫的话是最艰辛的了。

又过了一段，大姨娘的信就到了。姨娘开首就问，玉蚕还来不来上海？若不能来，她准备另外请保姆了。又说，她已将玉蚕的裁缝班延期了。娘将信纸往玉蚕手中一塞，道："你准备准备，今晚就搭车去上虞，乘明早头班火车去上海！"

"不——"玉蚕一字出口，娘吃惊，她自己也吃惊。

娘尖锐地盯了她一眼，看她红扑扑的脸颊亮晶晶的眼珠，想起她每每从山里回来，娇羞妩媚的神情，已经明白大体了。便道："玉蚕你要想清楚了。你留下来，将来就和娘一样受苦；你若回上海去，将来就和大姨娘一样享福。你究竟想过什么样的日子呢？"

玉蚕手指缠住衣角不说话。她还顾不上去想将来的事情。她的心已经被一个玉树临风的身影撑满了。

这时虚掩着的房门呼地被推开，苍籽一步跨了进来，也是脸膛红通通，眼珠灼灼亮，道："婶娘，你放心。我会让玉蚕过上跟上海人一样的好日子的。"

娘不响了，娘晓得说什么都没有用。当年自己也是不顾爹娘反对跟玉蚕爹"私奔"的。

玉蚕义无反顾地成了竹篾匠苍籽的婆娘。有很长一段日子，玉蚕沉浸在与苍籽两情相悦，如胶似漆的恩爱中，似乎将上海大姨娘家的那段日子彻底忘却了。后来表姐把大姨娘大姨父接去了美国，上海与玉蚕更是无有任何瓜葛了。

4

山凹里千年不变的雾帐隔离了玉蚕和苍籽，他们虽在一面坡上摘桑叶，却互相看不到对方。平常玉蚕总是遁着苍籽哼绍兴小调的声音判断他的方位，时不时还跟他对上几句。可今天苍籽没了声息，玉蚕也懒得出声，桑园里变幻莫测的雾帐搅动着枝叶刺啦刺啦摇晃。

待竹筐盛满了嫩桑叶，玉蚕仍没听到苍籽的响动。兜身转个圈，周围雾缠雾绕，没个人影。玉蚕方才心慌起来，喊了声："苍籽！"

"嗳！"苍籽的声音只隔了丈把远响起，原来人就在近处啊。

苍籽钻出浓雾走到玉蚕身边，他的竹筐已塞得隆起。"走吧！"苍籽朝她咧嘴一笑，玉蚕感到他的笑不似以往的灿烂，有点勉强。

苍籽下山走得飞快，玉蚕却故意放缓步子，慢腾腾地挪。一会工夫就看不见苍籽的背影了。玉蚕恨恨地想，就那个男不男女不女的母夜叉，值得你这么没命地跑吗？正委屈着，苍籽又折回来了。苍籽把脑袋探到玉蚕耷着的眼皮下，道："玉蚕，我想赶头班车去县城，爽爽气气回头人家孙厂长，让人家也好早点另寻高明。来，竹筐给我，你慢慢下山。有雾水，道滑，自己小心点！"

苍籽说着拎过玉蚕的竹筐往另一个肩头上一拐，又冲她一笑，便蜇转身，一步一步地下山去了。玉蚕痴呆呆地望着他雄鹿般矫健的身姿消失在山道拐弯处的灌木后面，她至今仍然迷恋苍籽的英俊憨厚能干。只是几年前，苍籽的身姿像天神般占据了她全部的思想与情感；而如今，苍籽的身姿已恢复到他真实的分寸，这样玉蚕的头脑里便有了空隙，便装进了其他的一些东西，有了其他的一些喜怒哀乐。

待玉蚕踌躇着徘徊着走出山坳，一抹胭脂红的曙色正横在眼门前，雾帐稀薄了许多，山涧水从雾脚底下横一道竖一道淙淙地流淌出来，汇成一脉清澈明净的溪流，祖祖辈辈都叫它剡溪。

玉蚕听得村头石桥方向传来嬉笑喧嗔的声音，慢慢走近了去，却见曙色中停着一辆漆黑锃亮装饰着鲜花与彩带的小轿车，倚着车身，是一位着玫红底起银丝缠枝梅织锦锻上衣的女子，漆黑的头发堆云般盘起，斜插枝银簪。这一幅香车美人图衬在绿森森水淋淋的山景上，煞是醒目，倒把周遭叽叽喳喳的人群比得没有了颜色。

玉蚕觉得那女子有点面熟，一时想不起来是谁。对方却拨开人群朝她迎过来，十分夸张地喊道："玉蚕，玉蚕，总算见到你了！我给蛾宝的裙子还喜欢吗？特为到中百一店儿童专柜挑的呢。"

"是香萍呀！"玉蚕心中一震，血液呼呼地冲上脑袋。她认识的香萍，原是个扁扁脸细细目骨骼粗大皮肤黝黑的乡下姑娘；而眼前的这位摩登女子，眼影深深，纤腰柔柔，巧笑倩兮，美目盼兮，她真是香萍么？玉蚕觉得满嘴的苦涩，她晓得，点化了香萍的是"上海"！

香萍知己地拉住玉蚕因摘桑叶而污渍斑斑的手，轻声道："玉蚕，你怎么一点都不懂保养自己啊？你看你，面孔都黑了。下次我给你带一套美宝莲护肤霜来。"

玉蚕用尽全力挤出一个笑脸，慌忙又收了回去。她想她一笑，皱纹肯定更多了。她原比香萍高出半只脑袋，这一刻却感到比香萍矮了许多。低头一看，香萍脚上的尖头高跟鞋，那圆锥细跟足有寸半高。玉蚕恼恨地扯了扯自己那件灰脱脱皱巴巴的老布罩衫，真想鱼儿般窜进剡溪逃遁。

香萍却像是戏台上的头牌名角，尽情施展她的演技。嗲嗲地一扭腰肢，喊道："你过来呀，见见我最要好的姊妹嘛！"

便有一位个头不高，西装革履的男人应声而出，腆着发福的肚子，呵呵笑着走近了，两只啤酒瓶底似的镜片在曙色中变成了茶褐色，让人估摸不出他的年龄。

香萍"咯咯咯"笑了一阵道："玉蚕，我老公，在上海开杭菜馆，有三爿分店。你以后到上海玩，吃饭我全包了。"

那男人彬彬有礼取出一张名片递给玉蚕，道："敬请光临。"

玉蚕木木地接过名片，她晓得香萍是在向她炫耀，更是在报复她。三年前，玉蚕只静静地往苍籽跟前一站，就将苍籽从香萍手中夺回来了。

人群中有人催香萍上车，河对岸鞭炮声起，惊动宿鸟，黑压压一片朝青黛的山影扑去。

香萍挽住她男人的手臂，笑道："玉蚕，晚上一定要来喝我的喜酒哦！"走了几步，又回头补了声："和苍籽一道来哦！"

玉蚕别转身沿着石阶走下河岸，撩起清冽的溪水泼在脸上，把水中自己的影子搅得乱纷纷的。她在河岸下一直挨到香萍的彩车在众乡亲的簇拥下过了桥，沿着新铺的柏油路进村去了，方才立起身。四周又恢复了宁静，村路上扬起的尘土缓缓地落下。半轮金红的初阳跃出山脊，万道霞光晃得她睁不开眼。

5

玉蚕推门进屋，娘抱着蛾宝在堂屋里兜圈子，瞟了她一眼道："大清老早地却去哪里逛了？蛾宝醒了就闹，只好喂了她半碗粥汤。"

玉蚕含糊地哼了声，眼珠子周遭转了圈，尚未粉刷的水泥预制板墙渗透出丝丝缕缕的清冷寂寞。玉蚕心紧紧地问道："苍籽呢？"

娘道："他没跟你讲呀？要赶头班车去县城，撂下筐，饭都来不及吃，就出门了。

玉蚕心里又腾起一股恨，就这么急，一刻都等不得啦？不动声色道："噢，他跟我讲了，他要去回头孙厂长。"便从娘手里接过了蛾宝。

娘系上补着一块靛青素锻的围裙，道："饭闷在锅里，有笋干蒸肉。你自己吃，娘先去蚕房，鲜叶放不久的。"

玉蚕忙道："我不饿。"说着便用乡下土布做的背兜将蛾宝捆在背上，拎起一筐桑叶，随娘去蚕房了。

蚕房就在老屋里，老屋就在新屋的后面。新屋的宅基地原是老屋前的一泓池塘，日长势久地干涸了，索性填平了造新屋。老屋是围成品字形一圈青砖黑瓦的平房，雕花门窗，高槛大门，当年在村里也是可数的大户之一。不过到了玉蚕父亲手里，品字形的一大半都已分给其他村民居住，玉蚕家仅住了西向的两间半厢房。老屋承受了近百年的风摧雨浸，已是百孔千疮。门枢蛀蚀，窗棂皲裂。玉蚕娘请娘家亲戚相帮，稍事修整，搭起木架，做了蚕房。

坑坑洼洼的院子里有一口石拦水井，还有一张石案。玉蚕就在那石案上切桑叶，切成丝状，方能喂细蚕吃。满满一箩筐嫩叶切完了，背上的蛾宝咿呀咿呀地醒了。娘将桑叶丝薄薄地铺在竹圃中，道："蛾宝是要吃了，方才那半碗粥汤早尿空了。下面的事我独个能行，你喂蛾宝去吧。"

玉蚕晓得娘也不放心自己给细蚕喂头道食，但抱着蛾宝，攀着木扶梯登上阁楼。

这阁楼原是堆放杂物的，斜顶一排气窗却也是雕花镂草，木色经年雨打风吹，蒙尘积垢，黑黝黝可冒充紫檀。因正房都做了蚕房，娘把阁楼板用水涮得发白，铺了张青竹席，喂蚕喂得乏了，可上来靠一会，养养神。

玉蚕给蛾宝喂奶，在女儿很有节奏的吧唧声中渐渐迷糊过去，竟做起白日梦来。在上海大姨娘家的客厅里，大姨娘给她介绍了一个青年才俊。那人见了她就上来拥抱她，她使劲推搡，却发现拥抱她的还是苍籽。苍籽使劲地拖她，要她回家，她一步三回头地不晓得留恋着什么。她是被木扶梯格吱格吱的声音弄醒的，心还怦怦跳着，睁开眼，却看见一对小小的贼亮贼亮的眼珠子就停在离自己半裸的胸脯尺把远的地方，饿狼一般。玉蚕吓得惊天动地叫起来，"妈呀——"那对小眼珠子慌忙往回缩，用力太猛，整个人骨碌碌滑下扶梯，却被随后的玉蚕娘双手一托，叉手叉脚地趴在扶梯上了。

娘仰着脸提高了嗓门道："玉蚕，人家是上海收古董的蔡老板，村长陪他来看老屋的花窗。你先下来吧。"

玉蚕忙将衣襟拢上，咕哝道："也不晓得先招呼一声！"

玉蚕抱着蛾宝不情愿地走下阁楼，村长跟他们家沾着远亲，笑道："玉蚕啊，这是上海来的蔡老板……"

玉蚕垂着眼皮都能感觉到那对贼亮的小眼珠子黏在自己面孔上，只敷衍地"哼"了声，径直走出了大台门。只听得身后娘跟客人客套着："乡下人家女儿不晓得规矩，蔡老板莫在意哦！"

玉蚕闷闷地回到新屋。所谓新屋，因尚未竣工，墙未刷，地未平，蓬头历齿，比之老屋反显粗陋。玉蚕看着糟心，将横在脚前的长凳踢翻了，嘭地一声，吓醒了蛾宝，嗯啊起来。玉蚕忙摇晃着哄她，自己也觉得自己火气来得莫名其妙。她心里盘算着，就算苍籽回头那个孙厂长要费一番口舌，一上午时间也足够了吧。午后就有返回的汽车，下午三点多就能回到镇上了。这么一想，她忽就有了冲动，要去镇上迎候苍籽。

玉蚕将酣睡的蛾宝放进苍籽精心编制的竹摇篮里，便跨出门，却看见娘正送村长和蔡老板出来，忙缩回身子，她不想跟那个长着一对贼眼乌珠的蔡老板照面。待他们走远了，方才穿过场子。

娘又在石案上切开了桑叶，玉蚕忙上去接过娘手中的刀。娘笑道："蔡老板很中意老屋阁楼上那一排花窗呢！村长说，还有几个村子要跑，明日再转过来。我请他们明日中上来吃饭，能谈个好价钱，年底便可给新屋上顶了。"

玉蚕道："我正好想去镇上转一趟，要买点什么小菜呢？"

娘瞥了她一眼："精神没处使啦？你去蚕房看看，才铺上一层桑丝，眨眼便扫空了。这茬蚕劲大，是个好兆头。"

玉蚕不好意思说去接苍籽，急中生智道："晚上去喝香萍的喜酒，哪里好空着手去呀！到镇上淘淘便宜货嘛！"

娘便不吱声了，将桑叶丝条密匝匝铺满竹匾。娘替细蚕上食的姿势好像戏台上旦角儿翘着兰花指运手一般，煞是好看。

玉蚕紧着把余下的鲜桑叶切完了，扬着声道："娘，我完工了，就去了呢。"

娘应道："不吃点东西走呀？饭幸许还有热气的。"

玉蚕推出自行车，道："到镇上还怕饿肚皮呀？蛾宝在那屋，睡得死沉，我不带她了，你见空过去瞧着点。"

娘追到台门口，道："有乌鲫鱼带条回来，再切点五花肉吧。"

6

玉蚕把自行车蹬得离弦箭一般。路两旁油菜花开得十分热闹，扑在脸上的风都是黄澄澄的了，撩拨得她愈是心急火燎，但觉晚一步便会错过苍籽似的。三年前，玉蚕从上海回乡，也是急不可待地骑个自行车冲到苍籽村里，冲着他斥问道："听讲你要娶香萍啦？"苍籽含情脉脉地看着她，铿然答道："我若有那个心思，上山遭雷劈，下河被水淹！"玉蚕扑哧一笑，嗔道："谁要你赌咒发誓来着！"珠泪就滚下来了。

玉蚕赶到镇上，先去了汽车站，时钟正报十二点，离县城班车抵达的时间还有三个钟点呢！玉蚕一下子松弛下来，内衣被急汗濡湿，冰凉凉地贴在背脊上。她才发现自己走时匆忙，都没来得及换件干净点的外罩。想着待会要迎接苍籽一往情深的眼瞳，索性将龌龊的罩衫脱去，内里是件粉红的羊毛针织衫，胸口是银丝机绣的一朵莲花，莲花正开在她丰满的胸脯上，诱人憧憬。这件针织衫是年前苍籽从县城替她买回来的。

近几年小镇也是日渐繁华起来，新辟一条贸易街，超市，百货商场，各种餐饮店，甚至也有了咖啡馆。玉蚕此刻觉着饥饿了，拣了家点心店吃了碗三鲜面，三鲜三鲜，只有味精的味道，吃罢后只觉口干。先绕到老街集市买了肉和鱼，再折回新街，在小商品市场盘桓了许久，终于买下了一块用乡下青花布做的圆台布，镶了蕾丝花边，想想给香萍做结婚礼还拿得出手。路过百货商场，玉蚕在成衣橱窗前立定了。橱窗里的模特，身上套了件真丝衬衣，是水红色的，胸前打满细褶，环领是根飘带，低低的打了个结，乳沟似隐似现，配着下身的银灰开司米A字齐膝短裙，青春妖媚，摩登而不张扬。玉蚕将自己的身影与模特重合，她感觉自己穿上这身衣裳一定十分合适而抢眼。驻足片刻，玉蚕用力挪开了身子。乡下小镇上的衣服肯定比上海便宜许多，可是跟玉蚕口袋里的钞票相比，还是让人望洋兴叹啊！

玉蚕决定不逛街了，街上诱惑太多，人抵抗诱惑的能力是十分有限的。玉蚕径直去了车站，就坐在候车亭里等候从县城来的班车。

午后的阳光暖烘烘地浇泼下来，把玉蚕心中疙疙瘩瘩、三弯九折滋生出的种种懊丧幽怨融化了，这一刻萦绕胸怀柔肠百转的都是对苍籽的浓情蜜意。哪个男人能像苍籽那样，结婚数年从来不对老婆说句重话？哪个男人能像苍籽那样，把赚来的钞票悉数交到老婆手中？哪个男人能像苍籽那样，自己的新屋一块砖未砌，却为小舅子造房这般尽心尽力？哪个男人能像苍籽那样，只玉蚕一句不愿意，便巴巴地赶去回头人家孙厂长了？

苍籽啊苍籽！

玉蚕眼巴巴地望着公路上往来如梭的车辆，扬尘的颗粒在日照中历历可数。玉蚕心里对自己说，待会见了苍籽，一定先送他一张温柔甜美的笑脸，再送他一番婉转缠绵的贴心话。万不可让清早的龃龉伤了他的心。

县城来的班车终于进站了，没待车停稳，玉蚕便迎了上去。先一扇扇窗望过去，未见那个熟悉的身影。便挨着车门站着，备着笑脸，紧盯着下车的人。直待人走光了，仍不见苍籽。玉蚕仍不甘心，攀着车门张了张，车厢里早已空无一人。司机公事公办道："你想搭车去县城？先去买票！"玉蚕退下车门时，脚骨发软，差点摔跤。心里面好不容易构筑起的恩爱温柔乡，霎时间遭遇龙卷风一般，一片狼藉，一片空寂！

玉蚕骑车回家，来时一马平川的公路怎就变得凹凸不平起来，轮胎不住地被石头弹起，硌得她屁股生痛。来时那蓬蓬勃勃金黄灿烂的油菜花，怎就那样经不住日晒？几小时下来就蔫头耷脑地萎靡了！

娘听得她停自行车的声音，从蚕房探出身子，道："怎么就去了半天？蛾宝闹了几次。"

玉蚕连跟娘周旋几句的精神都打不起来，只将鱼呀肉呀塞给娘，一把抱起蛾宝，跨出了大台门。娘的声音追着她的背脊："才给蛾宝喂了菜泥面糊，不要再给她叼奶头了，日后要摘也摘不掉！"

玉蚕抱着蛾宝恹恹地转回半成品的新屋，颓然坐在门口的竹凳上。蛾宝的小手不停地捣她的胸脯，她心神不宁，懒得与蛾宝耍，只撩起衣襟让蛾宝吮乳。

西天，晚照艳丽，夕阳正缓缓地沉入剪影迤逦的天际线。斑斓的农田之间，零散点缀着一簇簇农舍。乌黢黢的青瓦墙中，间或突兀起一幢幢彩砖琉璃瓦的小洋楼。近几年，愈来愈多的人家有人外出打工，积攒了钱回乡造屋，用的建材愈来愈奢华。娘替玉松起屋，原打算沿用青瓦盖顶。眼见得别人家的新屋一座比一座流光溢彩，挨不过了，一横心也准备买琉璃瓦了。

玉蚕盘算着，帮衬娘替这新屋铺上琉璃瓦的顶，起码还要两年工夫。两年后再攒钱盖苍籽和自己的新屋，又要花几个年头呢？那时候自己的面孔上的皱纹恐怕赛过竹篱了！

她觉得胸口一痛，啪地敲了蛾宝屁股一巴掌，嗔道："小祖宗，轻点！"蛾宝被吓着了，吐出乳头，哇地哭起来。正巧娘从蚕房回来，横了她一眼，道："再不痛快，也不作兴拿小孩出气！"

玉蚕无言可答，站起来，抱着蛾宝哄着。看娘到灶头上忙夜饭了，才冒了句："苍籽早上走时，没说回不回来吃饭？"

娘瞟了她一眼，道："我倒是忘记问他了，怎么？他不是该和你一起去吃香萍的喜酒吗？"

玉蚕不响，抱着蛾宝出了门，往进村的路口眺望。夕阳已尽，晚霞渐褪，黛青的田野一派沉静。却从村子里进出一连串鞭炮声，香萍的喜宴就要开始了吧？其实玉蚕哪里有兴致去吃香萍的喜酒？送机会让香萍得以显摆张扬！

村口暮霭中忽地闪出一个身影，那身影俊挺如松，很快将玉蚕的视线撑满了。是苍籽！玉蚕往前迎了几步，又煞住了。

苍籽也早早看见了玉蚕，躔开腿噌噌噌地跑过来，从玉蚕手中接过蛾宝，讨好地笑道："你怎么站在路当口呀？夜里风大……"

玉蚕白了他一眼，道："我去镇上长途车站等你，空跑了一遭！怎么耽搁那么久？不成你是从县城走回来的？"

苍籽的面孔藏在暗处，声音有点虚，道："是孙厂长派小车送我回来的……"

玉蚕扭头就走，苍籽抱着蛾宝紧追着进了屋。娘道："苍籽回来啦，你们收拾一下，快去香萍家吧，我听见喜乐已经奏起来了。"

玉蚕板着脸咚咚咚冲上楼梯，娘连忙从苍籽手中接过蛾宝，用胳膊肘揉了他一把。

苍籽追上楼，张开手臂要搂玉蚕。玉蚕狠狠推开他，怒道："一整天时间，你跟那母夜叉吊膀子吊够了是吧？还有面孔回来见我！"

苍籽涨红了脸，双手捉住玉蚕的肩膀。苍籽一使劲，玉蚕便是挣扎也挣扎不得了。苍籽咬着她耳根道："人家儿子都快上小学校了，你还吃人家醋！孙厂长真是看中我的手艺，甚至答应给我股份。不出两年，我们就可以在县城买房子了。我想来想去把这样现成的机会硬生生推掉，我们真是天底下最愚蠢的人了。"

玉蚕已停止了挣扎，背脊仍硬邦邦地支着。

苍籽便趁机将她揽入怀里，愈发温柔道："当初娶你时，我跟你娘起誓的，一定让你过上跟上海人一样的好日子。你不愿意啊？"

玉蚕终于撑不住了，背脊一弯，扑倒在苍籽怀里，积了一天的委屈化作倾盆雨往苍籽身上洒去。

娘在楼梯口喊道："香萍差人来请你们了，换了衣裳快点过去吧。"

玉蚕止住悲泣，拿了那块青花桌布下了楼，道："娘，你代我去应酬一下吧，告诉香萍，苍籽在县城赶不回来，他现在是县竹器厂的技术总监，哪里脱得开身？"

娘盯了她一眼，道："花钱买这样的东西，不如把我箱底那块素锻送给香萍，裁身衣裳正正好。"

玉蚕冷笑道："香萍才不会中意你那块素锻呢，你没见她周身上下花蝴蝶似的！"

7

次日清晨，玉蚕和苍籽又上山摘了两大筐嫩桑叶。娘坚决不让玉蚕相帮喂蚕了，孙厂长只给了苍籽一天假，娘要玉蚕替苍籽收拾收拾。苍籽道："也用不着收拾什么，孙厂长让我先住县招待所，日常用品一应俱全。再讲星期五下了班就好回来的。"玉蚕由他说，自顾往旅行袋里横竖塞东西。

娘因为约好村长和蔡老板来吃饭的，便提前从蚕房回来了。毕竟蔡老板是从上海来的，娘不敢怠慢。杀了只老母鸡炖着，又一批肉一批梅干菜压在一只海碗里，隔水蒸起来。不一会，浓浓的香味就漫延开来。

玉蚕终于将一只旅行袋塞得满满腾腾，苍籽故意松快地笑道："这一口袋东西拎过去，我好在县城摆地摊了。"玉蚕动动嘴角，算是回应，不敢抬起眼皮，生怕泪珠子断线。苍籽拉过她的手捏在掌心，沉着嗓道："孙厂长说了，会尽快替我们装一部电话，还要给我配部手机呢。我天天都会给你打电话的呀，玉蚕，求求你，我们别唱楼台会好吗？"

玉蚕叹了口气，嗔道："呸呸呸，什么楼台会！不吉利！"稍顿，才道："只要你不当别塞窑里的薛平贵！"

苍籽刚想赌咒发誓表心迹，娘在楼底下喊了："玉蚕，客人到了，你们下来吧。"苍籽连忙换了件布衫，就和玉蚕一起下楼去了。

玉蚕又感觉到蔡老板针尖般的目光戳在自己脸上，虽是恼恨，又不得发作，转身就躲进灶间，帮娘端整碗碟。把平日不常用的一套兰花碗洗净了，用开水烫过。

苍籽在客堂陪村长、蔡老板喝茶聊天。玉蚕端了碗碟出去，听到蔡老板呵呵肆无忌惮地笑，笑声滑溜溜像条草蛇在屋里窜来窜去。她浑身起了鸡皮疙瘩，连忙又避进灶间。

娘的小菜一只只出锅了，玉蚕只好硬着头皮端了去。

村长道:"玉蚕,跟你娘说,小菜够了,蔡老板已经是上海人了,胃口跟猫差不多大。"

娘正端着一砂锅鸡汤出来,道:"听讲蔡老板原也是剡溪人?在上海大酒席吃得腻不腻?今天尝尝家乡小菜,胃口就开了。"便开瓶状元红。

一张八仙桌,上首坐了蔡老板,右首是村长,左首是娘,苍籽和玉蚕坐在下横头。玉蚕垂着头,让一绺头发披拂下来遮去半张面孔,以抵挡蔡老板直勾勾戳过来的目光。

蔡老板举起酒杯先跟苍籽碰了碰,滑溜溜笑道:"祝我们合作成功!"

娘诧异道:"炒两只小菜的工夫,怎么?苍籽就跟蔡老板合作上了?"

村长道:"蔡老板愿意在他的家具店里陈列苍籽设计的竹器,卖掉一件,双方分成。他什么眼光啊?看准商机,咬住不放。"

蔡老板恣意大笑,道:"我们这也是一见钟情嘛!"针尖的目光直指玉蚕娇红的面庞,把玉蚕恨得只朝苍籽翻白眼。

酒过三巡,切入正题。娘开始跟蔡老板切磋老屋花窗的价钱。蔡老板道:"在前头那个庄子,收了两道匾额,都是民国早期的,出了这个价。"岔开拇指与食指比划了一下,"我做生意童叟不欺。你们的老屋阁楼那排花窗,尺寸短了点,每张我出这个价行不?"张开五指举在娘跟前。

娘浅笑着给蔡老板斟酒,殷勤地搛菜,好像没看见蔡老板张着的那只巴掌。

村长是做斡旋人的,笑道:"蔡老板,我们乡下人虽是孤陋寡闻,但市面上行情也多少晓得的。你那两道匾是民国的东西,王家老屋是光绪三十二年起的,屋后石础凿着造屋的年月,这是不好捏造的。"

蔡老板抿了口酒,道:"上个月我去徽州,收了四条渔樵耕读图案的厅堂花窗,真正是乾隆年间的老货,一扇也只出到八百块。一来你们是阁楼后窗,二来花式也简单……"

娘截断他,依然浅笑着:"一来,我们从左到右通览有整十扇窗,十全十美这是大吉利的数；二来，花式虽简单，蔡老板你看仔细了没有？十扇窗十种花，没有一扇重复的！"

蔡老板嘿嘿笑道："看来大嫂子是行家了。我们做古董生意，好比寻到了知音，这比赚钞票更痛快。这样吧，大嫂子你说说你的心理价位，如何？"

村长点点头："玉蚕娘，蔡老板既然这样爽快，你也爽爽快快讲出来嘛。"

娘又斟酒又搛菜，自己端起酒杯道："我也不想发财，只想把这幢屋起好。我一个女人家，不易呀。蔡老板若拿出一万块钞票，这十扇窗你当即可以拆下运走！"

玉蚕和苍籽对了下眼，他们也觉得娘开的价有点离谱。

蔡老板仰起脖子喝干了杯中酒，酒杯一放，道："大嫂子爽快，我也爽快，我出你两万块……"桌子周边其他人都吃了一惊，不晓得蔡老板葫芦里卖什么药。蔡老板紧跟着补了一句："不过，我有个附加条件！"

娘警觉地问道："什么条件？蔡老板请直言。"

蔡老板一对小眼红红的，像两点火苗围着玉蚕跳跃。玉蚕只好将脸埋进饭碗里，就听得蔡老板不紧不慢道："这趟出来，安徽、江苏、浙江兜了个遍，收获不小。回去想办一个江南民间民俗家具家饰展，也是为我们公司做一次促销。现在人家卖车卖房都请漂亮小姐做模特，我也想给我们的展销会请一位销售模特。"忽地收声，是一副盘马弯弓的姿态。

玉蚕已经明白了蔡老板的意思，心怦怦怦地剧跳起来。娘也猜到了蔡老板的意思，淡淡道："上海滩上漂亮小姑娘还不是一捞一大把的？"

蔡地老板摇摇头道："漂亮是一层，最要紧能兼具古典家具家饰的典雅神韵，我寻了许久没寻见，今天真是踏破铁鞋无觅处，得来全不费功夫啊！"滑溜溜地笑起来，愈发放肆地盯住了玉蚕。玉蚕双颊烧得滚烫，心底里呼的冒出一株希望的嫩芽。

村长也恍然大悟，笑道："蔡老板看中玉蚕去做模特呀，玉蚕娘，这倒是桩美差，上海小姑娘想做也不一定做得着。"

娘的脸庞敞亮了一层，仍矜持道："蔡老板的意思？"

蔡老板这才从玉蚕脸上收回视线，道："姑娘若是愿意到我们展销会上做促销模特，一万元，是给你们的安家费，除外，我开给她每月800元的底薪，每卖出一件东西，还可适当提成。"

娘看住玉蚕，玉蚕却拿眼看住苍籽。

苍籽面孔红堂堂的，瓮声道："谢谢蔡老板的美意，只是我们蛾宝还没有断奶，玉蚕恐怕……"

娘道："蛾宝可以断奶了，交给我带，你们总归放心的吧？"

蔡老板又盯住玉蚕，道："姑娘若是愿意，还可以联系上海幼稚园，那里面的条件比农村好多了。"

玉蚕心里面那棵嫩芽是见风就蹿，见雨就拔，一下子枝叶繁茂撑满了胸膛。但她仍固执地看住苍籽。

苍籽撸了把脸，终于松了口："好吧，只要玉蚕愿意，我没意见。让玉蚕见见大世面也好！"

玉蚕的心哗地松弛下来，好像关久了的一群雀儿，霎时间飞散了似的。

娘脸上的笑再也屏不住了，绽放得淋漓尽致。娘心里想的是，有了这两万块钱，年底新屋好上顶了！心里高兴，愈发殷勤地添酒揀菜。

随后，蔡老板从随身的拷克箱里拿出两叠钱往桌上一放，又点出四五张百元纸币，说给姑娘整顿行装。事情办得随心称意，他的小眼睛放大了一圈，铜纽扣般，笑道："我还要到剡溪下游几个村子看看去，三日后，我的货车来装货，一并接姑娘去上海！"

8

接下来的几日，玉蚕和苍籽沉浸在既兴奋又忧心忡忡的情绪中，置身在山里千年不变的迷雾之中，急待走出去，又担心外面现状更险恶。加之恩爱夫妻即将分别，离别之苦更是搅得他们心力交瘁。

次日，苍籽就去县城竹器厂走马上任了，原说好这两日下了班天天赶回来陪玉蚕的，却头一天就食言了。孙厂长要他陪同新加坡来的客户吃饭，散席已是中宵之时，加之多饮了几口酒，星汉好似绕着身子旋转似的。只得回招待所休息了。

隔日下了班，苍籽骑着孙厂长派给他的摩托车突突突一阵风赶回村子，玉蚕脸皮灰灰的，眼泡肿肿的，横竖就是不理他；他想抱抱蛾宝，她也不让他沾手。苍籽追在她屁股后面一千一万地赔不是，就差没给她下跪了。玉蚕原想再端一会架子就收蓬落帆了，不想苍籽身上哪一处忽然嘀嘀嗒嗒叫起来。苍籽连忙从裤兜里摸出一部手机接听。却是孙厂长打来的，问问苍籽家人的情况，对昨天晚上耽误他回家表示十分抱歉，又说下星期就会叫电讯公司的人去给他家装电话，临时有事就可以及时通知家人了。苍籽对孙厂长细致入微的关怀自然感激不尽。

玉蚕看他接电话的形状，早就猜到对面是哪个了，冷笑道："原来送你部手机，是给你套只紧箍咒，时时刻刻好拴住你的心啊！"

苍籽一时对答不上，脸涨得血红，颈子里青筋暴突。玉蚕见他这般模样，心也软了，翘起食指狠狠戳了他额头一下。

这一晚，夫妻俩恩爱异常，说不尽的海誓山盟。合计着以后的好日子，兴奋一阵；想着即将别离之苦，又缠绵一阵。

苍籽破天荒睡不着，搂住玉蚕点点滴滴都关照到了。最后提到蔡老板，苍籽要玉蚕提防着他点，这人眼神不入调！玉蚕嗔道："你觉得他有邪心，你为啥要替我答应他？"苍籽顿了顿，瓮声道："我若反对你去上海，你不要恨死我啦？"

玉蚕扑哧一笑，使劲地往苍籽怀里钻。苍籽啊苍籽，这世上，唯你最懂我的心！

第三日，老清早娘就把他们叫醒了，一个要去县城上班，一个要去上海，都得赶早。

玉蚕起床后，还想给蛾宝喂一顿奶，被娘阻止了。娘道："总归要断的，断就断得爽气点，拖泥带水做什么？"

玉蚕眼中包了两汪泪，只好探头到娘屋里看看熟睡的蛾宝。娘喊她吃早点，她的胃塞满了酸楚，一口也咽不下。

玉蚕只收拾了一季的衣服。装在旅行袋里，因为蔡老板说好的，每季度都放她探亲假回来看看蛾宝。

苍籽将摩托车推出来，呜地踩足了油门，玉蚕跨上后座，双臂紧紧扣住苍籽的蜂腰，将面颊贴住他的虎背上。摩托车箭一般就驶出了村子，一过石桥，就看见蔡老板天蓝色的厢式货车已经停在路边，有几个工人在往车上搬东西，蔡老板从车窗探出半截身子招呼玉蚕上车。

他们真正分别的时刻到了，可他们只能用目光亲昵着，叮嘱着，依依惜别。玉蚕往货车走去，走两步，回头望一眼，苍籽立在摩托车旁朝她频频挥手。待她走到车跟前，蔡老板推开门，不由分说一把将她拉上去了。她再探出车窗去看苍籽，苍籽已跨上了摩托车。汽车发动了，沿出山的高速公路驶去。苍籽的摩托车也发动了，却是走去县城的山路。两条路成六十度夹角岔开，玉蚕眼睁睁看见苍籽的摩托车渐渐成了一个黑点，消失在雾气氤氲的山影中。

9

蛾宝日日喝外婆熬的新米粥，跟外婆养的蚕宝宝一起日长夜大。待外婆用稻草扎成一座座蚕山，蚕宝宝一条条攀上去结茧子的时候，蛾宝也能下地走路了。

玉蚕娘的新屋终究拾遗补缺地完成了，跟她想象中的一模一样，前后都带贴着彩色马赛克的阳台，屋顶铺着湖绿色的琉璃瓦，日里看像一畦

兰草，夜里看像一泓碧潭。新屋十分漂亮，却带着淡淡的落寞。因为人气
不足，墙粉和油漆的气味久久挥发不去。玉松原就在县城寄宿中学念书，
一星期才回来一次，玉蚕跟蔡老板去了上海，说好每季度都能回来看蛾宝
的，头一季度就没回来，蔡老板带她去深圳参加订货会了。过了夏季到秋
季，仍没见个影踪。苍籽如今名声愈发大了，县城竹器厂生产由他设计的
新颖产品，销路一下子打开了。照说周末他可以和玉松一道回来休假的，
也总是忙得脱不开身，总要捱个把月，方才匆匆回来点个卯应个景，吃顿
饭，转身摩托车突突一响，走没了影。玉蚕娘不怪女婿，玉蚕不在屋里
头，这屋再漂亮，也拴不住苍籽的心啊。幸好近来蛾宝开始嗯嗯呀呀学讲
话了，新屋子才有了生趣。

　　客堂里仍是旧日的家什，唯有茶几上多了一部深紫红的电话机，玉蚕
娘当它宝贝疙瘩，擦拭得纤尘不染，幽幽地闪着玛瑙般的光泽。头两个礼
拜，一到晚上，玉蚕苍籽轮番打电话，电话机子便嘟嗒嘟嗒地热闹起来。
不过几句家常闲话，玉蚕娘听了心里踏实。越往后去，电话铃闹响的次数
渐次少了，间隔的时间愈来愈长，电话机摆设一般，十天半月地沉默着。
玉蚕娘有时真担心是不是机子哑了？拎起话筒听到嘟嘟嘟的声音，才慌忙
放下。玉蚕和苍籽都把手机号码告诉娘的，可娘等电话等得再急，也不会
主动打过去。一来是怕打搅他们的工作，二来舍不得多花电话费。

　　可这一段电话机沉默的时间太长了，玉蚕娘掐指数数，玉蚕都快一个
月没打回电话了！苍籽周末匆匆回来转了圈，拿了两件毛衣就要走。玉蚕
娘捉住他问："你和玉蚕总归通电话的吧？你给我关照她，是不是连女儿
都不要了？"苍籽屁股已坐上摩托，笑道："娘，你打她手机呀，是要好
好教训教训她了！"

　　玉蚕娘盘算，蛾宝快满周岁了，玉蚕去上海也有半年多了。上海的工
作再忙再重要，女儿过生日，你个当娘的总该回转来一趟吧？终于拨通了
玉蚕的手机。玉蚕娘听到手机那边歌乐喧闹，人声嘈杂，玉蚕的声音好似

隔着磨砂玻璃看景致，模糊不清，断断续续："娘，我晓得了……你给苍籽电话……叫他也回来……"

玉蚕娘挂了电话，心里嘀咕："给苍籽的电话，你自己不好打呀？"嘀咕归嘀咕，还是给苍籽打过去了。苍籽应得爽快，玉蚕娘这才放心。

蛾宝周岁生日前一天，玉蚕娘早起便开始往村路上张望，直望到西天流霞映红了剡溪，一部出租车徐徐停靠在村口石桥畔。村里难得有出租车进来，惊动了剡溪边洗衣洗菜的村妇们都仰起了面孔，猜测着，询问着。

出租车门打开，走出一位风情万种的女子，穿着改良的中式短装，下面着一条露出半条大腿的乔其纱蕾丝边黑短裙，披肩卷发乌云环叠，鹅蛋脸庞描黛点红，却似何处来的明星？常有电影电视剧来剡溪拍戏，村里人明星也见过不少，只是这一位，似曾相识，或许是新人？

忽然这一位"明星"朝她们走近了，荡开甜美的笑靥，一口正宗的剡北官话道："五婶，二姨，都忙啊？淘米千万不要再用河水啰！"

众人终于认出来了，"玉蚕娘，这不是你的闺女吗？出去几个月，竟像重新投胎了一般！"

玉蚕娘呆呆地站起来，菜篮顺水漂走都不晓得，还是下水的人帮她截住了。玉蚕娘回过神来，慌忙喊道："蛾宝——蛾宝——你娘回来了——快叫一声娘呀！"

蛾宝原坐在石阶上玩耍，弄得满手满脸黑糊糊的。她瞪大眼看看盛装的玉蚕，却吓得躲到外婆身后去了。玉蚕不顾蛾宝浑身是泥，用力抱起她，使劲往她鼓鼓的脸颊上啄着。蛾宝被她啄得哇地哭起来。玉蚕娘用湿漉漉的手掌抹净蛾宝的脸蛋，嗔道："日日吵着娘呀娘呀，怎么见了面就只会哇啦哇啦了？你要不叫，你娘又要走了呢。"

蛾宝叭嗒着小嘴叫了声"娘"，玉蚕眼泪差点涌出来，狠命屏住，生怕污了眼线。

三人一并回家，站在新屋跟前，娘得意地问道："怎么样？不比上海的楼房差吧？"玉蚕笑笑，她觉得那马赛克的晒台与琉璃瓦的屋顶颜色太艳，但又不愿让娘失望，便嗯了一声。

娘心情特别好，还要带玉蚕去老屋看秋蚕，玉蚕只好推说累了，明日再看吧。娘方才作罢。玉蚕道："娘，今年收了茧，把蚕架拆了。房子也造好了，你何苦再养蚕？我寄回的钱足够你和蛾宝的开销，是吧？"

娘道："你寄回的钱我都替你存着，以后给蛾宝上学用。闲着也是闲着，几爿丝厂都抢着要我的茧子，再讲玉松过两年就要上大学了。"

玉蚕晓得说服不了娘的，只轻轻叹了口气。

娘便道："你跟蛾宝亲热亲热，我去烧小菜。苍籽和玉松约了一起回来的，算算差不多该到了。"

玉蚕莫名其妙地心动过速，怦怦怦，要撞断肋骨似的。

玉蚕给蛾宝买了童话书和巴比娃娃，一样样拿给蛾宝看。蛾宝很快就跟娘亲热起来，黏在玉蚕怀里不动了。这时候就听得门外突突突突——卡刺——摩托煞车声音，玉蚕的心脏在那一刻忽地停顿不动了。

将尽未尽的余晖斜斜地投进敞开着的大门，在新漆过的地板上投下一条扇形的光带。那光带上先是映出一个细细长长的人影——那是小弟玉松，随即又一个略宽硕些的影子叠加上来——苍籽的身形总是那般健美！

玉松叫了声"姐——"，连连摇头道："姐，我不喜欢你这般打扮，眼圈为什么画得像哭一样？"

"去！"玉蚕恼火地啐了小弟一声。她已经不习惯素面示人了，特别是要面对苍籽，她实在没有勇气不修饰不遮掩了。她忧心忡忡，一遍一遍修补自己的妆容，生怕有什么瑕疵被苍籽捉住。

苍籽已站在她跟前了，热烘烘的鼻息喷在她额上，怎不叫她心旌摇曳？若不是玉松立在一旁，她早就扑进苍籽的怀抱了。苍籽只是目不转睛地盯住她看，好半天才吐出一句："你，回来啦！"

玉松忍俊不禁，道："姐夫，你不是在说废话吗？"

娘很快端整好了一桌小菜，兴冲冲招呼大家入座，道："今天是自家人团聚，家常小菜将就将就。明晚上我请了镇上饭馆的大厨来相帮，左邻右舍，摆两桌酒。我们蛾宝周岁，也是大生日嘛。玉松苍籽，你们谁也不准缺席。"

玉松道："只要姐夫回来，我就搭顺风车了。"

苍籽道："明早有一个重要客户要会，下午我就请假了。"

玉蚕借着假睫毛的掩护，细细地观察苍籽的神情，确定他什么都没有觉察，悬着的心这才放下。

苍籽和玉松都要赶早，所以都不喝酒，只玉蚕陪娘啜了几口自酿的米酒。苍籽三下五除二，干下去两大碗饭。饭碗一放，道："一路上吃了不少灰尘，又是一身臭汗，我先上去洗个澡。"横了玉蚕一眼，就离了席。

玉蚕自然是领会苍籽那一眼的含意的，可她仍磨磨蹭蹭，帮娘一起收拾碗筷进了灶间。娘推搡她，道："去去去，早点上楼去。就几只饭碗，我一双手够了。"

玉蚕便抱起蛾宝上楼，娘又追过来道："把蛾宝放下，蛾宝还是和我睡！"玉蚕思绪万千地犹豫着，娘朝蛾宝伸出双手，道："蛾宝，跟婆婆睡还是跟你娘睡呀？"蛾宝便扑向了外婆。

玉蚕独自上楼，原应该轻轻松松，脚脖上却像拴了秤砣，抬都抬不动。

玉蚕刚进房门，就被等候得心急火燎的苍籽拥住了。苍籽气喘得很重，胳膊便愈收愈紧，几乎要把玉蚕嵌进他的胸膛。

他们夫妻已经半年多没有见面了，各自有了新的生活领域，各自都忙。每每相约了回家聚会的日子，不是这边临时有出差任务，就是那边有重要客户抽不开身，便是蹉跎了一个又一个良辰吉日。起初，他们互相在电话里倾吐相思之苦，一只电话总要打半个小时以上。日子久了，一来山盟海誓的言辞再多，总有被说尽的时候，二来，手机费用太贵，也令他们难以承受，通话的次数便不知不觉地减少了，通话的时间也缩短了，隔个三五天，互相问候一声，报个平安而已。

苍籽抱起玉蚕往床上去，玉蚕哽咽着道："你洗了澡，让我也冲一下。"

玉蚕冲澡的这几分钟，苍籽也舍不得离开，隔着浴帘跟玉蚕说话。苍籽告诉玉蚕，这半年多他已积存了万把块钱，加上年初还有分红，不出三年，就可以在县城买一套公寓，蛾宝将来就可以在县城读书了。

借助莲蓬嘴哗哗水声的掩护，玉蚕尽情地流泪，让郁结胸中好几个月的委屈、懊丧、愤懑随着滚烫的泪水倾泻而出。她终于觉得从里到外地洗涮了自己，心和身子都洁净了，方才关了笼头，撩开浴帘。

苍籽迫不及待地用块浴巾包住了玉蚕，抱着她走到床前，顺手熄灭了灯。这一刻，他们互相对对方的需求真比新婚之夜还强烈。这是他们结婚以来最完美最辉煌的一次结合，也是他们——两个相爱至深的人的最后一次的结合！

就在玉蚕纵情享受苍籽爱情琼浆之际，苍籽忽地从玉蚕身上翻落下来，呼哧呼哧地大口喘气。玉蚕的眼泪无声无息地流淌着，这是幸福至极的眼泪啊！许时，苍籽粗重的喘息低沉下来，渐渐变得游丝一般，渐渐就消失了。房间里安静得像地老天荒，月色悄无声息地给窗棂涂抹上幽幽的银光。玉蚕真希望自己与苍籽就这样一生一世地躺下去，可是身边的苍籽顽石般纹丝不动，连气息都感觉不到，又让她有点害怕。她便仄起半身，伸手去摸苍籽的脸庞。"啪！"这记撞击是那样沉重而巨响，片刻，玉蚕才感觉到手背麻辣辣地痛起来。她不相信苍籽会对自己下这么重的手，她凑过脸去看苍籽，黑暗中，苍籽的两只眼睛瞪得铜铃大，眼珠子火炭似的灼灼发亮。玉蚕无限爱怜地叹道："苍籽……"一边将脸慢慢地贴向苍籽的胸膛——"啪！"她的脸颊上挨了结结实实的一巴掌！这回她看得很清楚，是苍籽抬起胳膊抡向她的！

玉蚕惊讶："苍籽——你！"

苍籽呼地坐起来恶狠狠地问道："你，在上海是不是去做鸡了？"

玉蚕像被子弹射中，心痛得咝咝地吸气。可她必须回答苍籽。"没，没有。"

苍籽恨声道："你还想骗我？你在床上，从来不这样下作的！"

玉蚕晓得瞒不过了。玉蚕跟苍籽过夫妻生活，最激情的时刻从来不出声音，只是咬住苍籽的肩膀，在苍籽肩膀上留下许多条牙印。事过之后，玉蚕总是害羞地为苍籽揉搓，苍籽从不怪她，还说那弯弯的月牙般的伤疤是他们爱情的印记。

苍籽叭地拧亮了床头灯，目光如炬地逼视着她，问道："你还说没有做鸡？谁教会你这般吼叫的？"

玉蚕哀怨地望着苍籽，缓缓地摇着头，颈脖像生了锈，咔咔地响。她害怕回想半年前那个可怕的夜晚，蔡老板带她深圳去出差，就在那个气氛暧昧的所谓三星级宾馆里，蔡老板如狼似虎地扑上来，任她苦苦哀求，任她哭喊叫骂，都无济于事。也许，蔡老板在蚕房的阁楼上看到她第一天起就已经设计好了这一切。在深圳余下的日子里，蔡老板带她逛大马路，给她买昂贵的衣服和饰品，带她出入高档的酒店和夜总会。蔡老板心满意足地开导她，既然已经出来了，就尽情享受生活，人生苦短，当及时行乐。玉蚕左思右想，闹开来对自己一点好处都没有，不如趁机从蔡老板身上赚一笔钱，然后，在上海热闹的大马路上开一家自己的成衣店。到那时候，就可以把苍籽和蛾宝都带到上海来，到那时就坚决和蔡老板一刀两断！这以后，她便不拒绝蔡老板了，她虽然很厌恶蔡老板，可是，蔡老板有种种办法调排得她在床上如同一头发情的母兽。

苍籽见她不出声，哼地笑了声（这声笑就像数九寒天的北风砭肌刺骨），套上外衣便往门外走。玉蚕扑上去拽住他的袖子，哀求道："苍籽，不要让娘知道，好吗？"

苍籽犹豫了一下，返回来，把自己的身体狠狠地砸进沙发里。玉蚕明白他的意思，只好独自躺在床上，像躺在荒芜的旷野里。

自然，他们两人谁都没有睡着，都眼睁睁望着窗户由银灰变成漆黑再变成靛青，如同娘围单上的素锻补丁。

苍籽呼隆一下跳起来，咣当撞出门去。玉蚕好想喊住他，却羞愧得没了勇气。隔了一会，她就听得摩托车突突驶去的声音，一阵钻心断肠般的痛楚，她合扑在枕上泣不成声，眼泪如同暴雨后的剡溪水，丰沛而湍急。

10

玉蚕是被一只肉鼓鼓的小手拨弄脸庞而搞醒过来的，她记不得自己哭着哭着怎么就会睡死过去，好像是去十八层地狱趟了一遭，睁开眼，竟是蛾宝在抓妈妈的面孔。玉蚕心头一烫，一把将蛾宝揽进怀里。娘也立在床头，道：“怎么？昨晚没睡够啊？都日上三竿了！”

玉蚕晓得自己眼泡皮一定很肿，怕娘看出端倪，低了头，让额发披散下来，道：“人家难得有这么清闲的日子嘛。”

娘略迟疑，又道：“苍籽天刚亮就走了，玉松是在困梦头里被他拉上摩托车的。”

玉蚕勉强笑道：“他们上班上学，都不能迟到呀。”

这一天，玉蚕强打精神帮娘洒扫庭院，到自留地里去摘菜，铺排桌椅，整顿碗碟。做着历历碌碌的家务事，委顿的情绪可以排解一些。

玉蚕担心着苍籽，会不会赌气不回来吃蛾宝的周岁酒？到时候她如何向娘解释呢？

苍籽却按时驮着玉松回来。玉蚕喜出望外，痴痴地看着他凹陷的黑眼眶，体味他这一天是如何艰难地熬下来的，心里面又是痛又是愧，暗自下了决心，晚上关起房门，由他骂由他打，只要他肯原谅她，她甚至可以放弃上海的繁华与富足，放弃她梦寐以求的成衣店！

可惜，苍籽没给玉蚕这个机会。

在蛾宝的周岁酒席上，苍籽不露痕迹地同玉蚕一起接受众乡邻的祝酒，谈笑风生，妙语如珠。众人都讲苍籽去县城上班后，水平提高许多，有大将风度了。只有玉蚕晓得他仍在生她的气，因为他的目光总是躲避着她；他虽与她并肩坐着，却紧张着身体，不跟她有些许肌肤接触！

酒尽人散后，玉蚕帮娘收拾残局，正盘算着待会如何跟苍籽去赔罪讨饶，忽听苍籽瓮声道："娘，早上赶去上班太辛苦，我们还是连夜赶回县城去。"

玉蚕端在手中的一叠碗碟差点跌落，心像块硬石往深渊坠下去。她颤抖着声音道："不行，你喝了许多酒，不能开摩托车！"

玉松一旁笑道："是我批准姐夫放开量喝酒的。回来时我们说好的，回去我开车。"

玉蚕心里恼恨小弟啊！这种时候你逞什么英雄？若不是你横插一档，我就有充足的理由拦住苍籽，不让他离开！

玉蚕抱着蛾宝送苍籽和玉松到村口石桥边，一路上，就玉松话多，讲东讲西，逗蛾宝开心。玉蚕竭力用情意绵绵的眼神去捕捉苍籽的目光，只要苍籽肯与她眼对眼地对视片刻，她相信她能化解苍籽的心结，他们夫妻就有和好的可能。苍籽却坚决地低垂着眼皮，把眼珠子深深地隐藏起来。

最后道别时，苍籽只在蛾宝额头上亲了一口，挥挥手，便跨上摩托车的后座。他吝啬得连一个"再见"都没留给玉蚕！

摩托车一眨眼便消失在茫茫黑夜之中。繁星低垂，仿佛银河隔断了牛郎织女一般。

又是一个无眠的夜晚。没有了苍籽的新屋，让玉蚕觉得不堪忍受的清冷孤寂，她若在这屋里再待下去，一定会被那清冷孤寂逼疯了的。她决定明日一早赶往县城，从那里乘火车返回上海！她已经为那个"上海"付出了太多太多，倘若她不从"上海"索取到自己向往的东西，那她活着还有什么意义？

娘听说她立时三刻就要回到上海，并没有表现十分的惊讶，仿佛娘早就预料到了。娘一脸的云淡风轻，道："你自己想清楚了就好。不要叫醒蛾宝了，哭哭啼啼上路不吉利的。年底总要再回来的嘛。"

玉蚕忍住了要亲蛾宝的冲动，一咬牙，转身走出了大门。她在村口拦到一辆同村人去县城运河沙的卡车，到县城才早上八点敲过。她却不急着去火车站买票，鬼使神差地往县城竹器厂去了。

正是工人们上班的时刻，竹器厂门口陆续有人走进走出。玉蚕隔着马路，站在一块广告牌边上守候着。这张广告牌是竹器厂在推销他们新开发的产品，几十只精致的竹编花瓶的背景上，竟然并排印上了苍籽和孙厂长的两张笑脸，像拍结婚照似的。玉蚕心里恨道："你说说，你这又算什么呢！做广告也没必要登两个人的照片呀！"她想苍籽总要从厂子大门进出的，只要看到他，她一定不顾一切地拦住他。无论如何，你不能这样不声不响离我而去。

玉蚕终于看到苍籽了！他不是进厂，而是从厂里出来；他不是独个人，而是和孙厂长并肩走着。孙厂长很亲近，很信任的样子，挨着苍籽说着什么；苍籽很专注地听着，不时地点点头，然后两人会心地相视而笑了。

玉蚕的心在滴血，方才鼓起的勇气刹那间冰消雪融了。孙厂长虽然年纪长她几岁，可孙厂长的那种自信，那种洒脱，那种坦然，让玉蚕自惭形秽！

苍籽和孙厂长在马路边沿站住了，显然他们是要过马路，正在等候红绿灯。玉蚕侧身躲到广告牌后面，紧紧地盯住苍籽。绿灯亮了，苍籽很自然地揽住孙厂长的肩膀穿过马路。——玉蚕彻底绝望了，她猛地转身就走，叮嘱自己：千万别回头，千万别回头，别让苍籽看到自己，别让苍籽以为自己是来盯他的梢的。已经被苍籽识破了真相的玉蚕，还有什么资格去约束苍籽呢？

11

玉蚕搭乘下午的火车，回到上海已是华灯初上的时候了。

她心灰意懒地回到蔡老板为她租用的公寓。电梯间的阿姨见了她笑眯眯道："玉蚕小姐，你老公关照的，你若回来得早，快去顺风酒店陪客。是很重要的客人呢。"玉蚕应了声，径直乘电梯上了楼。她哪里有心思陪客人吃饭！

胡乱冲了个澡，玉蚕倒头就睡。身子困乏得要死，脑袋却不肯息停，搅腾半天也没睡着。

半夜时分，蔡老板酒气冲天地回来了，一见她躺着，破口骂道："你回来了为什么不到顺风来？害得我在温州大老板跟前好没面子！人家是慕你名，特地想来瞻仰你的风采的。你要敬他几杯，说不定一张大订单就拿到了呢。"

玉蚕轻声道："回来已晚了，实在吃力不过……"

蔡老板道："适适意意（上海方言，舒舒服服的意思）乘火车回来，怎么会吃力的？怕是你那个乡下男人搞得不得法，才让你吃力的吧？"

玉蚕被他触到了痛处，用脚踹了他一下，恨道："你个流氓，都是你，把我的日子都毁了！"

蔡老板嘿嘿笑道："你在乡下过得那叫什么日子？谁让你住上这么高档的公寓？谁让你用上这么些高级的化妆品？谁让你从灰姑娘变成白雪公主的？"

玉蚕像被水呛了一口，拼命咳起来。她心里怨恨自己，一切的一切都怪自己啊！

蔡老板钻进被窝就爬到她身上来了。玉蚕多么想狠狠地把他扒下去，可她没有那个勇气。她想加快速度积攒一笔钞票，她想尽快拥有一间成衣店，她想将蛾宝与娘接到上海来过享福的日子……为了这桩桩件件她想要的东西，她只有忍耐。

蔡老板完事后，狠狠拧了她脸蛋一把，坏笑道："今天怎么不叫了呢？妈的，心不在焉！又在想你的乡下男人了对吧？"

玉蚕翻了个身，用背脊冷冰冰地对住他。

两天后，玉蚕一大早就接到娘的电话。先看了来电号码，不祥的预兆便袭上心头。娘轻易不会打长途过来，况且自己才离开家。

从遥远的山村曲曲折折传过来的娘声音，断断续续地听不大清楚，娘说苍籽的摩托车撞死了人，玉蚕还以为娘在开玩笑。娘那样历练那样沉着的人竟急得语无伦次："玉蚕你怎么苍籽了你？他几天不睡还灌酒，你们不为我老婆子着想也要为蛾宝呀……"

玉蚕昏晕了片刻，真正是肝肠寸断啊！她心里煞煞清：苍籽一定是被自己的背叛气昏了头，才灌酒消愁，才出了车祸。她恨自己恨得要搧自己腮帮！娘急促地告诉她，苍籽被拘在县城交警队里，要有十万块的担保金才能放回家。玉蚕脱口道："去找孙厂长呀，苍籽给厂里赚了多少钞票，她不能见死不救！"娘说："孙厂长已经开出五万块支票，厂里没有多余的流动资金，这五万块还是从她私房账户里出的。苍籽自己万把块存款也取出来了，还差三万多……"玉蚕立马道："娘你莫急坏了身体，我去想办法！"娘在电话里喑哑道："玉蚕，要快点哟，苍籽关在里面时间长了，怕要疯了的！"

玉蚕这半年多时间有了近万元的存款，可是还有那两万块钱从哪里变出来呢？玉蚕左右寻思，决定去找蔡老板。这只老狐狸，也该让他放放血了。

玉蚕从电梯出来还没到蔡老板办公室，就被守在门外蔡老板的司机拦住了。原来老板娘风闻蔡老板在上海包养女人，便从家乡赶了出来，正和老板摊牌呢！你现在去见老板，不是讨揍吗？玉蚕惊出一身冷汗，呆在那里。司机说，老板关照，叫你赶紧去公寓整理东西，待会老板娘要去公寓，千万不要让她捉到蛛丝马迹！

　　玉蚕一时乱了方寸，茫然失措。平常她常给司机塞小费，司机便拉着她下了楼，载她去了公寓。玉蚕一脑门的糨糊，胡乱收拾自己的衣物，来时就一只小小的旅行袋，如今却塞了满满两只箱子。司机又把她送到家具城的女职工宿舍，她原先的铺位已经被新来的人占去。只好将两只箱子暂时放在墙脚根。司机说老板今天放了她的假，叫她今天不要回家具城了。可她心里惦着两万块钱的事，执意跟司机返回家具城。做销售的几个小姐妹都用异样的眼光打量她，她晓得自己与老板的关系已经被曝光。她竭力镇静着自己，装作若无其事的样子，照样堆出笑脸接待顾客。

　　中午时分，听得大门口吵吵嚷嚷的声音，有人压抑着嗓门幸灾乐祸道："老板娘揪住老板去抄检公寓了！"玉蚕惊出一身冷汗，慌忙避到陈列着的家具样品后面。

　　玉蚕心如乱麻，焦灼煎熬，生怕蔡老板被老板娘缠住，脱不了身，更生怕老板娘获知了详情，寻她问话。她自己身败名裂且不去说了，便无机会向蔡老板借那两万块钞票了！愁绪万端的她一下午竟没做成一单生意。临近下班的时候，终于看见蔡老板一个人垂头丧气地回到店里，对此刻的玉蚕来说，不啻像溺水的人看见了一只救生圈。

　　玉蚕跟随蔡老板闪进了老板办公室，蔡老板把门一关，瞪着眼凶巴巴斥道："叫你收拾得干净点，为什么留了把梳子下来？我费了多少唾沫才把事情说圆了。我警告你，你要想耍花招玩我，休怪我对你无情！"

　　玉蚕忍气吞声道："你想到哪里去了？那个梳子你不是用得顺手吗？"

　　蔡老板沉吟一下道："最近一段你也不要再到我办公室来，也不许坐我的车。等老太婆回去了，我会补偿你的。"

　　玉蚕逮住他这句话头，立马接口道："要补偿就现在补偿，你给我两万块钱！"

　　蔡老板像看怪物一般盯住她道："好你个刁蛮女人，你趁机敲竹杠啊！"

　　玉蚕泪如雨下，泣诉了苍籽出车祸的事情，道："你不是一直讲你像是我的再生父母一般吗？那你就再行一次好，帮帮我度过这一难吧。"

蔡老板坐进老板椅，脚搁到办公桌上，自顾捧着把紫砂茶壶品茶，不搭理玉蚕。

玉蚕抹去一把眼泪，心头火蓬蓬地烧起来。她冷冷地看住蔡老板道："既然这样，你无情，我无义，我去公寓找你老婆谈斤头。我还怕什么？反正一切都被你搅乱了！"

蔡老板坐直了身子，摇摇头道："看不出你呀玉蚕，苏姐已再世也及不过你！我可以给你两万块，不过，算你提前支取两年的工钱，你若同意，我马上给你现钱。"玉蚕一横心，当即应承下来。以后两年的日子如何捱？以后再说吧。

次日一早，玉蚕候着邮局开门，邮走了两万块钱，千疮百孔的心境稍微有了点补偿。县里的剧团曾经演过一出《陈三两爬堂》，陈三两自卖自身，误入风尘，却把二百两卖身钱留给弟弟李凤鸣攻读诗文，让弟弟得以功成名就！玉蚕好比也是将自己的卖身银钱寄给了苍籽，苍籽可千万不要像李凤鸣那样忘却根本呀！

12

玉蚕寄出钱后就日日等电话，二万块收到没有？苍籽出来了没有？这桩事体最后如何了结呢？算算钱早该寄到了，可是家乡一直没有音讯。玉蚕好几次在手机上摁出了苍籽号码，望着这一串曾经那样亲近的数字，她就是没有勇气摁下绿色的接通键。思量再三，她还是打到家去问娘了。

娘道："怎么？苍籽没把事体告诉你？"

玉蚕心一沉："他，他大概怕我太担心吧……"

娘道："收到你寄回的钱，就把苍籽从交警队保出来了。可是……"娘停顿下来，吭吭地咳着。

玉蚕心急慌忙问道："娘，可是什么，你倒是说呀。"

娘长叹一声,道:"真不晓得前世作了什么孽,苍籽撞死的人是方从山里到县城来开羊肉铺子的,一对小夫妻,才结的婚,老婆刚有了身孕,男人这一死,叫她如何生计?哭天抢地,寻死寻活的。交警大队的人左右调解才达成协议,七七八八算拢来,也要赔给人家近二十万块,扣去前头保证金,还差靠十万块钱……"

玉蚕脑袋晕沉沉的,几乎支撑不下去,背脊抵住墙壁,费力道:"那,苍籽再去找孙厂长呀,他们厂离不开苍籽的,无论如何总能匀出钱吧?"

娘又是一叹,"我也跟苍籽这么讲的,可苍籽,他说……再不能麻烦孙厂长了,厂里二百多号工人都指着孙厂长发薪水呢。"

玉蚕心里泛起一阵酸苦:都这般地步了,还在为她着想!却听娘轻轻送过来一句:"玉蚕,你看看……还能不能跟蔡老板商量商量……"玉蚕压抑不住喊道:"娘,你当姓蔡的是好人啊?前头那两万块,我得白白替他做两年呢!"

娘稍顿,道:"我哪里晓得这些关节啊!没别的法子,只好把新屋卖了……"

玉蚕急道:"娘那哪成?你答应了爹的!"

娘道:"现在顾不上这些了,苍籽爹娘死得早,把我当亲娘一般看待,我总得替他担承一些吧?"

玉蚕用细牙狠命咬得嘴唇出了血,横竖想不出个万全之策,方才横了心,吹气般道:"娘,你先别急着卖屋,让我,让我再找蔡老板说说看!"话一出唇,玉蚕旋即后悔了:这不是将自己推到了悬崖边上,不想跳也得跳了呀!

玉蚕没有回头路了,稍事修饰一番,硬着头皮推开蔡老板办公室的门。蔡老板新近又从徽州招来一位促销模特,这一刻正坐在蔡老板大腿上撒娇。见有人进来,慌忙立起。玉蚕觉着一阵恶心,忍住了。

那小姑娘还嫩着,涨红了脸跑了出去。蔡老板若无其事地跷着二郎腿，乜斜着眼道："乡下人就是改不了乡下人脾气，进老板办公室要先敲门，你懂不懂？"

玉蚕冷笑道："我要是先敲了门，就看不到一出好戏了。"

蔡老板嘻嘻一笑："原来你也会吃醋啊！你放心，她怎么能跟你比呢？"

玉蚕心里恨得不行，面上愈是冷淡："我哪有资格吃你的醋？只要你老婆醋瓿不要打翻就好！"

蔡老板马上警觉起来："你什么意思？"

玉蚕将粉粉的脸庞凑到蔡老板眼跟前："我没有其他意思，只请你蔡老板再买我十年的光景！"说罢浅浅一笑。

蔡老板抬手想捏玉蚕的脸，玉蚕避开了。蔡老板手指笃笃敲着桌面，不无讥讽道："又是你那个乡下男人向你讨钱了吧？你也不想想，你值不值得我买你十年光景呢？"

玉蚕挺直了腰身："值不值得嘛，你蔡老板是老法师了，心里总归有数的。"

蔡老板走到玉蚕身边，拍拍她的肩膀，道："玉蚕啊，实话对你讲，我是不可能买你十年光景的，不过你想赚大钱，现在倒有个现成的机会。"

玉蚕道："有赚钱的机会，你蔡老板会让给我做？"

蔡老板狡黠地笑笑："这种钱只有你玉蚕能赚。上回你错过的那位温州老板又要来了，他对你可是倾慕已久，只要你愿意。"

玉蚕一下子明白了蔡老板的意思，倘若她手中有刀，也许她会一刀捅进他的胸脯！她只是冷冷地吐出三个字："我愿意！"

数日后的晚上，蔡老板在皇朝饭店宴请那温州老板。他特地叫玉蚕去美容院妆容一番，打扮得雍容华贵。当她款款走进包房，温州老板眼都直了，惊为天人。蔡老板让玉蚕在温州老板边上入座。桌布下，温州老板胖墩墩的手迫不及待就摸到玉蚕的大腿根上了。

散席后，玉蚕顺理成章地钻进了温州老板的大奔车，温州老板捏住她的手，自始至终没有松开。大奔车沿上海最繁华的马路行驶了一段，停在五星级的贵都饭店。温州老板仍然拽着玉蚕的纤纤十指，引着她走进了顶层的VIP包房。

温州老板原只打算在上海滞留两天，因了玉蚕，又拖延了三天，并且爽快地跟蔡老板定下了六十万家具的合同。临去飞机场前，他恋恋不舍地亲着玉蚕的面额，塞给玉蚕一只大牛皮纸袋。玉蚕逐开笑颜，侧着腰肢道："老公，你可不能把我忘了哟！"她自己也吃惊，怎么无师自通地学会了用这种腔调说话？

温州老板走后，玉蚕点了点牛皮纸袋里的钞票，足足三万块！她的眼泪不知不觉滚下来，叭嗒叭嗒砸在纸币上，心里面苦苦地喊道："苍籽啊苍籽！"

玉蚕挣扎着又给娘打电话，要娘去跟死者家属商量，余下的靠十万赔偿金能不能在半年之内分期还清？娘无奈的声音如雨丝风片飘过来："玉蚕，慢慢来，我会去跟她讲的，半年一年都没关系，你也不要太辛苦自己了……"

玉蚕叭一下揿住红色的挂断键。

13

自有了温州老板这件事体，蔡老板便隔三差五让玉蚕陪客了。他在城郊部为玉蚕单独租借了一间农舍，以方便玉蚕化妆打扮。并且有的小老板住不起高档酒店的，就直接闯到玉蚕住处来了。蔡老板看玉蚕的眼光就有了别样的神情，酸溜溜地问道："玉蚕，我给你介绍的生意还不错吧？"玉蚕寸土不让地回敬他："我给你带来的生意也不错吧？"在玉蚕的坚持下，蔡老板终于答应，只要是玉蚕接待过的客户给蔡老板下了订单，玉蚕可抽取百分之二的纯利作回扣。玉蚕只看在金钱的份上，如行尸走肉地度日子。

这一日，玉蚕接待了一位新加坡客商。此人是位正人君子，只让玉蚕陪他去豫园游览，又在绿波廊吃了点心，塞给她三百块小费，便打发她走了。玉蚕将薄薄的三百元纸币胡乱塞进口袋。今天钱赚得少，她舍不得叫出租车，只搭乘地铁。回到住地，邻居的电视机里正播出中央整点晚新闻。

玉蚕远远地发现自己租屋门口蜷蹲着一个人，待她走近了，那人仰起面孔，两人都有点猝不及防的尴尬。

"苍籽！是你……你怎么寻到这里的……"玉蚕又惊又喜，掏钥匙开门时，偷偷用袖管抹去唇上的红艳。

"娘给我的地址……"苍籽进了租房，四处打量了一下，重重地在板凳上坐下。

玉蚕给苍籽泡茶，紧张得握不牢水瓶，水都泼在地上。千言万语堵在胸口，一时不晓得从何说起。慌忙从抽屉里拿出一叠钱，递给苍籽，道："又存了两万，大概用不到半年时间，就可凑齐十万块了！"说罢，殷殷地看住苍籽。在这一刻，她觉得为了苍籽所付出的一切屈辱与创伤，都是值得的。

可是苍籽抬起手掌将那叠钱轻轻地推开了，反从自己的背包里取出厚厚的一叠钱。他的面孔躲在阴影里，嗓门沙哑，道："玉蚕，这是你前两回寄过来的钱，现在用不着了，还是你留着吧！"

玉蚕疑惑地瞪大了眼："怎么就用不着了？人家不要你赔钱啦？"

苍籽喉结艰难地蠕动着，道："玉蚕，我们还是分开吧！"

玉蚕好像被重物狠狠地敲了一下，脑袋嗡嗡地响。血液渐渐地被抽干似的，手脚冰凉。沉默许时，方吐出一句："苍籽……你听我讲好吧？"

苍籽用手掌抹了一把溢出的泪珠，黯然道："玉蚕，我不怪你，只怪我自己，昏头昏脑闯了祸。……那个女人怀了三个月的身孕，家中无亲无故的，叫她怎么过下去？"

玉蚕愤愤道："不是要赔她二十万吗？"

苍籽摆摆手："一时三刻叫我到哪里变出这么一大笔钱？现在只有一个法子……"

玉蚕明白了，苍籽不要她的钱，苍籽嫌她的钱脏！怨愤在她体内涌动着，几乎要爆裂开来！她冷冷地问道："你有什么办法？"

苍籽终于抬起头，与她眼对眼了。他的眼神虽有哀伤，却是坚定的："我娶她！我撞死了她的丈夫，就还给她一个丈夫！"

玉蚕"咯咯咯"地笑起来，笑得肝肠寸断，笑得泪水涟涟。她想责问苍籽，你当初的山盟海誓呢？你那么许多甜言蜜语呢？可是，玉蚕还有资格指责苍籽吗？

苍籽刚想伸手扶玉蚕，却又缩了回去，只道："玉蚕你冷静一点好吧？我这样做，也是为娘着想，更是为你着想。娘可以不要卖屋，你也可以……"

玉蚕断然止住笑，道："娘，都晓得了？"

苍籽点点头："我跟娘说，娘永远是我的亲娘……娘叫我来上海找你的。"

"那么蛾宝呢？"玉蚕尖锐地朝他横了一眼。

苍籽忙道："蛾宝我会养大她的。"停停，含糊道："她，她也愿意……"

玉蚕心头无比地凄凉：都设好了局，才来通知我一声啊！冷冷道："她？她叫什么？"

苍籽瞟了玉蚕一眼："叫挑青。"

玉蚕迟钝地转了个身，正面对着苍籽，道："挑青？奇怪的名字。她，好看嘛？"

苍籽目光停在她脸上不动了，道："真的，有点像你。"

玉蚕心想：好没意思，天下男人都一个德性，喜新厌旧！哼地冷笑道："那我就成全你们了！什么时候办喜事？恐怕早就同床共寝了吧？"

苍籽涨红了脸，喝醉酒似的道："玉蚕，人家怀着孩子呢！只是，要我们先办离婚，我才能跟她去登记……"

玉蚕有点幸灾乐祸的，道："要是我不跟你去办离婚呢？"

"玉蚕，你这……你不是同意了吗？"苍籽额上屏出了汗，青筋又暴起来了。

玉蚕强忍住钻心的痛，扑哧一笑道："看把你急的！跟你开个玩笑嘛。你说个时间，我就回去一趟！"

苍籽连忙摸出纸笔，写了时间地点，便起身要走。

玉蚕犹豫了一下，道："天晚了，没有回去的火车了吧？"

苍籽道："我在火车站边上的浴室里订了张床位，明天赶早班火车回去。"

玉蚕好想挽留他，好想在他怀里偎依片刻。可她只是默默地送苍籽出门。苍籽只朝她抬了抬手，便不回头地往前走了。步子很大，走得很快。玉蚕扶着门框呆了很久，她晓得她永远失去苍籽了。

14

玉蚕特为去上海食品公司买了几斤精美的高级糖果，她是存心要在苍籽的新娘子面前摆摆上海人的排场的。她在苍籽约定日子的头一天就回家了，似乎有许多话要对娘说，看见了娘，却一句也说不出了。

娘瘦了，人缩小了一圈，一下子苍老了许多，只是系在腰上的围单上那块素锻补丁，还是鲜亮的靛青。娘神情有点奇怪，喊了一声"玉蚕"，便没下文了。娘的目光躲躲闪闪，娘东摸摸西摸摸，不晓得在做什么！继而，玉蚕又感觉到屋子里别样的安静，静得听得见门前榆树上麻雀的叽喳声，静得听得见河堤下汩汩的流水声……玉蚕倏地醒悟过来，满屋子一扇扇门推开来寻找，一边大声喊："蛾宝——蛾宝——娘，蛾宝人呢？蛾宝到哪里去啦？"

娘拽住了她，哀哀道："玉蚕，玉蚕，你听娘说，你听娘说呀！"

　　玉蚕狠狠地摔开娘，冲着娘喊："我不要听，我什么都不要听，你把蛾宝还给我，你把蛾宝还给我！"自来到人世，她头一遭对娘这般凶狠。

　　娘踩了下脚，未语泪先流，哽咽道："玉蚕，娘对不住你……你晓得那个女人是谁吧？她就是20年前娘送给山里人的那个闺女，她是你的亲妹妹！"

　　玉蚕化石般定在那里了，许时方出声："不可能，天下哪有这般巧的事？娘，人家是哄你呢。她想赖上苍籽，编出这等故事！"

　　娘撩起围裙擦眼泪，道："不，不是她编的，是娘认出来的。你妹妹出娘胎，右肩上带着一块鹅蛋大小乌青的胎记。娘听她说名唤挑青，觉得别扭。再问缘由，她就给娘看右肩膀上的胎记，娘不会认错，形状，颜色一模一样，略长大了点。"

　　玉蚕冷笑道："天底下长胎记的人多的是！"心里嘀咕，难怪苍籽讲那人长得跟我有点像啊！

　　娘道："玉蚕，娘晓得你心里委屈，你就当替娘还债，娘求你了。当初为了给你爹留个种，娘是扯断肠斩断筋，把她送了人。怎知她会吃这许多苦？养她的爹娘死得早，刚嫁人，丈夫偏又被苍籽撞死。你现在已经是上海人了，也不会回来了，对吧？这也是没有办法呀！"

　　娘已说到这般田地，玉蚕还能说什么？

　　夜里，玉蚕蜷缩在空荡荡的大床上，听窗外山野过来的风咻咻地盘旋。她在黑暗中睁大了眼睛，拉洋片似的，将这一年来发生的事体回顾了一遍。她想她的遭遇都是从蚕房阁楼上那一排花窗开始的！银牙一咬，翻身起来到灶间拿了把菜刀，冲出大门，冲去蚕房，冲上阁楼。花窗被蔡老板拆去后，娘一直没顾得重新安上窗户。玉蚕抢起菜刀，狠命地朝空空的窗框砍去，一刀又一刀。

　　"玉蚕，玉蚕，你怎么啦？"娘是半夜起来给蚕喂食的，扑上阁楼，死死抱住她的胳膊，苦苦道："玉蚕，你有气朝娘来好了。这里是蚕房，你不要惊动它们。它们马上就要登山结茧了呢。"

玉蚕歇了手，大口喘着。阁楼下，蚕吃桑叶吃得正欢，一片沙沙沙，沙沙沙，细雨连绵似的。玉蚕手中的菜刀掉在楼板上，她终于撑不住了，扑在娘怀里，号啕大哭。

次日清晨，玉蚕早早就起来装扮自己，细细涂粉，淡淡描眉，轻轻点唇。描画半天，却叫人看不出描画的痕迹。人楚楚，云婷婷，还是天生的美佳人。玉蚕终于有勇气去面对苍籽和挑青了。

玉蚕赶往镇政府，远远就看到苍籽了。心口一热，加快了脚步。忽然瞥见苍籽身旁站着个瘦小的女人，心又倏地一沉，脚步连忙煞住。深吸口气，努力拉出笑容，方才不急不缓地迎上去。

苍籽略显尴尬，用胳膊肘搡搡那个女人，道："叫……叫姐姐呀！"

那女人一张面孔尖尖黄黄的，一件簇新的格子两用衫罩住她微微碘起的腹部，羞怯地一笑，轻唤了声："姐姐。"

玉蚕挑起眉道："哪里敢当啊，就叫我玉蚕好了。"

苍籽凑上脸，压低声："娘没告诉你？她是……"

玉蚕冷下脸："她是什么？又不是编戏文。"扭头往乡政府大门走进去。

结婚登记处与离婚登记处门对门隔着一条走廊。玉蚕记得当年她跟苍籽也是在这座楼里登记结婚的，那时候她心里充满了幸福的阳光，以为自己一定会跟苍籽白首到老的。当时，他们看到有夫妻哭哭啼啼吵吵嚷嚷走进对面的离婚登记处，他们觉得不可思议。既然两人因相爱结为夫妇，为什么又要吵到必须分开的地步？可是，今天他们却也要走进离婚登记处了！玉蚕泛上一阵阵酸楚，真希望日出西山，岁月倒流！

办离婚的工作人员面熟陌生的，好像是晓得他们之间的事体，审阅离婚协议书时，不断抬起眼皮瞄他们一眼。最后问了句："没有什么财产纠纷吧？"苍籽摇摇头。玉蚕道："原就没有什么财产，住娘的屋，吃娘的饭！"

那工作人员一边填写离婚证，一边问道："玉蚕，上海老公已经找好了吧？"

玉蚕夸张地笑道："是啊，这里办完手续，回去就请酒啦。"伸手从包里摸出一把上海带回的高级糖，掼在办公桌上："喏喏喏，喜糖，喜糖。"

苍籽黑着脸，抓起桌上的离婚证，掉头就走。挑青在走廊里迎上来，轻轻问道："办妥啦？"苍籽点点头，两人对视一下，便朝对过结婚登记处走去。

"苍籽——"这一声喊，绝望凄苦，令人毛骨悚然。苍籽和挑青站住了，与玉蚕面对面。玉蚕又夸张地笑起来，从包里拿出一袋精美糖果，道："我特为从上海给你们带来的，你们办事的时候派得上用场。"

苍籽垂着胳膊不接手，还是挑青接过来，细声道："谢谢，姐。"

苍籽和挑青进了结婚登记处，玉蚕努力撑着的架势轰然倒塌，拽住楼梯扶手才不至于跌倒。这个地方对她来说已经没有什么可留恋的了，她咬牙径直去了汽车站等候回县城的班车，希望能赶上午后去上海的火车。

独自坐在候车椅上，玉蚕思一阵，痛一阵，悔一阵，恨一阵，横竖不是个滋味，正无法排遣时，听得一声娇滴滴的"娘——"抬眼看，心一软，竟是小蛾宝，张开小手扑了过来。玉蚕抱住女儿，贴着女儿的小脸，潸然泪下。猛然抬头看到了娘，还有苍籽和挑青，连忙蹭着蛾宝的肩胛擦去眼泪。

娘道："玉蚕，娘请客，娘想和两个闺女一起吃顿团圆饭。"

玉蚕抬脸道："娘，我不是跟你说了吗？办完事就直接回上海的，我只请了两天假嘛。"

苍籽嘴唇嚅动了一下，终于没出声，只揉了挑青一把。挑青黄黄的面颊上有了两朵红晕，道："姐，你放心，我不会亏待蛾宝的。"

玉蚕没好声气："跟你说不要那样叫我，就叫玉蚕！"又亲亲蛾宝，道："乖乖，好好跟外婆过，等你满两岁，娘接你去上海上幼稚园。"

苍籽出声了："明年，我带蛾宝去上海。孙厂长已决定派我去上海开分店……"

玉蚕的心像被利锥狠狠戳了一下，早知今日，何必当初啊！

汽车进站了。挑青张着手要抱蛾宝，玉蚕却将蛾宝塞给了娘。她头也不回地跳上了车。不想让他们看到自己扭歪了的面孔。

隔着车窗玻璃，玉蚕却看见蛾宝已抱在挑青的怀里，苍籽长臂紧围着挑青的肩，好一幅幸福一家人的画面。她慌忙狠狠闭上眼睛。待她缓缓地再睁开眼，他们——她的亲人或仇人，她所爱的抑或她所恨的都不见了，只有青山巍峨，剡溪长流。

15

玉蚕和苍籽的故事至此原应该结束了。苍籽和挑青在县城租了房子，把蛾宝接到县城一道生活。苍籽为了竹器厂打开大上海的销路，忙得不克分身，便把蛾宝全部托付给了挑青。挑青经历了人间最惨痛的悲剧，却又因祸得福，不仅重新找到了一位实心实意的丈夫，还意外找到了生身母亲及姐姐。挑青将感激之心全部放在了蛾宝身上，尽心尽力照顾蛾宝。小孩子天性就"有奶便是娘"，蛾宝很快就跟她亲热起来。挑青自己腹中的胎儿也一天天长大了。

如今，千辛万苦造起的新房子里，只有玉蚕娘独自留守。可她并不孤单，她有上千条蚕宝宝陪伴她。只要儿女们在外面过得好，玉蚕娘便无其他奢望，只顾定定心心养她的蚕。

秋蚕上了山，玉蚕娘便空闲下来，只静静等候着蚕结茧，等候县城茧行来收茧了。玉蚕娘早起洒扫了庭院，便坐在客堂里给玉松织件套头毛衣。偶尔抬眼看看宁静的村庄，薄雾萦绕间，田野一片斑斓，远处的山脉红叶璀璨，都是她看得熟稔了的景致。玉蚕娘复又低头织毛衣，虽说玉蚕从上海给玉松买了各种款式的羊毛衫，玉蚕娘固执地认为，还是自己手织的毛衣御寒保暖。忽而就听得有人唤她："玉蚕娘，你在家呀？"

玉蚕娘抬起头，门口竟有三四条身影，背光，好一会才辨出眉眼。为首的是村长，另外三位都穿着警察的制服。其中一位面孔有点熟，好像是镇上派出所的；另两位面孔白撩撩的警官，全然陌生。她才舒坦了没多少时候的心又七上八落起来，却不动声色，笑脸相迎，让座，奉茶，问道："村长这工夫倒有空串门子啊？"

村长面有难色，朝三位警官望着。一位警官便单刀直入问道："你女儿王玉蚕是在上海打工吗？"

玉蚕娘心怦怦跳："是啊。我们村有好几户人家都有去上海打工的，这没有违反政府法规吧？"

警官并不同答她的问题，又问："你女儿最近回来过吗？"

玉蚕娘道："上个月回来过呀，不怕同志见笑，女儿是回来跟女婿办离婚手续。乡长，这种事情现在也见多不怪了，镇政府发了证，都敲了红印的。"

村长道："玉蚕娘，你不要紧张，这两位同志是从上海来的……"

玉蚕娘腾地跳起来："玉蚕在上海出事啦？"

上海警官没有情面，公事公办道："王玉蚕涉嫌一桩凶杀案，现在逃逸，希望家属协助警方工作，规劝其自首。"

玉蚕娘咚地跌坐在竹凳上，喃喃道："不会的，玉蚕不会杀人的，玉蚕心善，我家蚕房里死了一条蚕，她也要抹眼泪。她在上海做得好好的，钱也赚得不少，平白无故为什么要杀人？"

警官就问："有个蔡老板，你认识吗？"

玉蚕娘一愣："蔡老板，他怎么啦？"

警官道："前天，蔡老板被人用剪刀戳中要害，死在你女儿的借住屋里了，经过缜密侦察，王玉蚕为最大嫌疑人。这两天，她跟你有过联系吗？"

村长挨近她道："玉蚕娘，这可是杀人的大罪，你是明理的人，倘若有玉蚕的消息，你一定要配合政府，劝她来自首。坦白从宽，你总归晓得的。对吧？"

玉蚕娘茫然地看住村长，村长却觉得她不是在看他，她的目光穿过他不晓得落到什么地方去了。村长便上楼转了一圈，对警官道："玉蚕确实没有回家，村子巴掌大的地方，来去一个大活人，瞒得过谁呀？"

警官们给玉蚕娘留下一张名片，便告辞了。

待他们一群人离去，玉蚕娘跳起来将门关上，连连拨打玉蚕的手机。玉蚕的手机却一直处于关机状态。玉蚕娘转而给苍籽家打电话，是挑青接了话筒。玉蚕娘上下牙齿"咯咯咯"地打颤，道："挑青，你姐出事了，她把蔡老板给杀了，她跟苍籽联系了没有？"

挑青的声音有点犹豫："没，没听苍籽说起呀。苍籽天天在忙到上海开展销会的事体……"

娘便道："警察已经到村里来调查过了，你告诉苍籽，看他有什么法子尽快找到玉蚕，主动坦白，还可以保住性命！"娘说出这句话，已经泣不成声。

挑青心事重重搁下电话。近两天，苍籽总是弄得很晚才回家，说是工作忙，一回来倒头就睡，几乎跟她说不上一句完整的话！挑青不敢往下想，好像脚边就是万丈深渊。

这一日，晚上十点敲过，苍籽才回家，一脸的疲惫困顿，擦了把脸，就横倒下来。挑青替他宽衣，像不经意似的细声细语道："娘打来电话，问玉蚕姐的行踪。听讲从上海来了两个警察……"话未尽，苍籽鼾声已起。挑青无奈叹着，替他脱鞋。挑青看见苍籽的鞋帮上沾着泥，鞋底上还有几根枯竹叶。挑青怔住了。

苍籽哪里睡得着呢？那一天，他接到玉蚕的电话，玉蚕恸哭着告诉他，她把蔡老板杀了！

蔡老板一时兴起，又跑到玉蚕租借屋强行跟她发生关系，穿好衣服就要走人。玉蚕拽住他要钱，玉蚕想，自己好好的日子被你搅得千疮百孔，除了钱还能要到什么呢？蔡老板当即翻了脸，道："老子睡你还要付钱？你不是已经两万块卖给我了两年了吗？"当时玉蚕什么也没说，顺手从桌上抓起把剪刀，狠狠地插入蔡老板的胸口。这个动作她脑袋里已经演绎过上百遍，所以做起来熟练而准确。

玉蚕杀了蔡老板，天蒙蒙亮就搭车回到乡下，头一个就给苍籽打电话。苍籽心里痛得要命，如今自己跟挑青的小日子富足又安定，可玉蚕却过得那样凄苦！苍籽心里只有一个念头，他要帮助玉蚕渡过这个难关。苍籽叫玉蚕躲进从前他上山砍竹时住过的竹寮，那竹寮隐在悬崖下，有茫茫竹林遮蔽，不易让人觉察。下了班，苍籽骑摩托车赶几十里路为玉蚕送去日用品和食物，还有他曾经努力想斩断的、却又怎么也斩不断的对玉蚕的情爱。

苍籽作出鼾声如雷，挑青的言语却句句钻进他的耳洞，令他心惊肉跳。次日，他请了两个小时的假，提早出了县城，往山上去了。苍籽把摩托车停在路边一丛荆棘中，徒步走进竹林。玉蚕冲出竹寮，不顾一切扑进苍籽怀里，两人抱头痛哭。暮色中，风动竹丝簌簌作响，竹叶如雨般飘落下来。

苍籽抱紧了玉蚕道："娘打来电话，说警察已经下乡来调查了。这里已住了两日，怕不安全。过两道梁，有个岩洞，从前我避过雨……"

"不——"就在离他们不远的竹丛中，传出一声凄厉的长啸，把苍籽和玉蚕吓得搂得更紧。苍籽遁望去，他撞见了一对绝望的跟玉蚕像极了的眼睛！

"挑青！"苍籽慌得松开玉蚕。

挑青腾地站起，扭身就跑。苍籽连连喊着，追了上去。挑青被一截陈年竹桩扎了小腿肚子，人晃了晃，就倒了下去。苍籽追到跟前，伸手扶她，却摸到了一巴掌血。苍籽慌了，大喊："玉蚕，玉蚕，过来帮帮忙。"

玉蚕帮忙将挑青扶到苍籽宽阔的肩背上，苍籽背起挑青头也不回地跑出竹林去了。

苍籽用摩托车送挑青进了镇卫生院，医生说，再晚来一步，肚子里的孩子就保不住了。苍籽想象不出，挑青挺着大肚子，如何爬上山梁，如何摸进竹林。他悔恨得一句话都吐不出来，只是捏紧拳头捶自己的脑袋。

挑青拉住他的胳膊，虚弱得抬不起眼皮，急促道："苍籽啊苍籽，你这样非但救不了姐姐，反而连你自己也搭进去了。你晓得吧？你已经犯包庇罪，你若判了刑，我们这个家就彻底毁了。现在只有一条路可走，你马上给派出所民警打电话，或许还可以因功抵罪！"说着，把手机塞进苍籽手掌中。

苍籽用手狠狠捋了把面孔，暗哑着，道："挑青，你放心，我不会让这个家毁了的。明天下了班，我去领玉蚕自首去。这样，玉蚕的罪也可以减轻些。如果我先给派出所打电话，他们抓住了她，那可是死罪呀！"

挑青将手放在苍籽掌心里，闭着眼，静静地躺着。

苍籽没有对挑青说谎，第二天下了班，他真的打算劝动玉蚕跟他去派出所自首。可是当他赶进竹林，竹寮里已空无一人。他呼喊着，在林子里盘垣寻找，仍不见玉蚕踪影。他又返回竹寮，才在权作凳子的石板下发现一张用血写在草纸上的诀别信：苍籽，你好好跟挑青过！你们若去上海，就把蛾宝交给娘！你叫警察到悬崖下边来为我收尸吧！

玉蚕跳崖了？玉蚕跳崖了！苍籽心如刀绞，恨自己晚到了一步。他扑到悬崖边往黑洞洞的深渊探去，只见灰蒙蒙湿漉漉的浓雾正冉冉地从崖底升腾上来，霎时间便弥漫了整片竹林。

【补记】这是一个非常戏剧性的收场：玉蚕没有跳崖自尽。玉蚕看见苍籽抛下她，背着挑青冲出竹林，便有了死的念头。辗转思虑了一夜，清晨，她咬破指尖写下了血书，一步一步地攀上悬崖。她看见晨雾缭绕的深渊里，青松苍翠，野花似锦，是个美丽安宁的归宿。正当她准备纵身一跃时，她听到了娘的呼喊。她转头，看见了娘霜白的鬓发在翠竹中白鸟似的飞翔，她也瞥见娘身后的竹枝间，有警察的身影。娘是接到挑青的电话才晓得她躲在这片竹山上的，娘大声喊道："玉蚕，不要跳，快下来呀！娘代你自首了。娘会一直等你回来的，蛾宝也会一直等你回来的呀——"玉蚕便一步一步走下了悬崖。

枉凝眉

1

一春常是风和雨，风雨晴时春已空。

九妹不久前查出身体某处长了个坏东西，幸亏惠珍以前做过药代理，对医院是熟门熟路，很快为她联系妥了某大医院的外科主刀医生，今日一早就送她进了开刀间。

一针麻醉剂戳入皮囊，九妹就没有知觉了，连惠珍千辛万苦请来的主刀医生她都没来得及道个谢。混沌中，她隐隐听得唧啾唧啾的吵闹声，仿佛有一群灰雀从远处朝她扑过来，她便用尽气力抬起眼皮，迷瞪瞪看见团圈一张张哀哀戚戚的面孔，一声紧着一声地呼唤着："九妹——九妹——九妹——"现世的记忆飓风般掠过，痛楚刹那间侵袭了周身每一只细胞。

看到她眼皮蠕动，萦绕在病床边的呼唤愈是殷切了，那"九妹"两字被深情演绎得缠绵悱恻，摇曳动人。

九妹用力撑住眼皮，一张张面孔望过去：这边是三姐，三姐夫，还有女儿；那边是惠珍和她儿子……她撑不住了，眼皮吧嗒又合拢下来——为啥看不到她最想看到的那张面孔啊！

闭着眼，九妹反而能看到那张她看了近三十年却总也看不够的面孔了——阔嘴隆鼻深眼窝，眉头靠得近，好像总蹙着，思考问题似的。他左眉梢那块铜钱大的伤疤被眉须遮盖，一般人看不大出来。九妹却看得煞清。

当年插队在山村，开荒植树，作为青年突击队队长，他一马当先，却被滚石砸伤，血流满面，带了关公面具一般。她是生产队的赤脚医生，为他包扎伤口，止不住眼泪哗哗地淌。他便惨惨地笑道："你放心好了，我肯定当不成烈士的。只怕破了相，以后找不到对象了。"她在心里对他说："不管你变成什么模样，我不会嫌弃你的！"也是因祸得福，那次受伤让他赢得了知青模范的称号，隔年就被保送回上海读大学了。而她两年后顶替父亲的岗位也回到上海，两人水到渠成地结了婚。新婚夜，她抚着他眉角的伤疤，眼泪又潸潸湲湲地流不停息。近三十年时光流逝，女儿都快出嫁了，九妹却愈来愈留恋当年的情景。那时的艰辛，那时的心心相印，那时的情深意长，绝世珍宝似的藏在心底。

九妹记得好清楚，早上出门前，他期期艾艾，欲言又止的样子，原来就蹙着的眉头，愈发纠结得紧张。

三姐催他："兆安，你先去把车开到门口，我们陪九妹就下来。"他勉强"嗯"了声，便去皮包里翻车钥匙，倾令哐啷翻了半天，也翻不出来。

惠珍急了，嗔道："杨兆安，你什么意思？天天开的车钥匙，自己不晓得放哪里呀？"

三姐和惠珍想当然，九妹动那么大的手术，你做丈夫的当然应该亲自开车送去医院啰！前日惠珍打电话通知九妹开刀的时间，就自说自话道："有你们杨兆安开车送，我们就不用预订出租车了，清早上班高峰时间，车还蛮难叫呢。"九妹把惠珍的话原封不动告诉他，他也是"嗯"了声，并没有提异议。

九妹却看出来了，他有难处，便挨近他，悄声道："兆安，你要有要紧事体，就让三姐和惠珍送我足够了，我又不要人搀不要人抬的。你放心好了。"

他犹豫道："早跟厂里定好的，临时变更不大好……这样吧，我尽快办完事，下午赶回来！"言毕，逃也似的下楼去了。

惠珍气道："杨兆安就是被你宠坏的！我看他……"腰里被三姐戳了一下，便"哼"了声，闭嘴了。

她们终究没有拦到出租车，还是惠珍，当机立断给她儿子一个电话："阿荣，请半天假，送你九妹阿姨去医院开刀！"惠珍的儿子在一家民营公司给老板开小车，这老板跟惠珍老公是生意上的朋友。惠珍老公是想让儿子先给人家打打工，锻炼锻炼，将来好接自己的班。

惠珍跟九妹小学中学都同班，自小就好得轧扁头。九妹怀孕时，惠珍指着她圆鼓鼓的肚皮说："若生个女儿，一定给我当媳妇啊！"现在儿女都长大了。去年九妹的女儿考进了大学，自然就跟惠珍的儿子疏远起来。九妹不能勉强女儿，又觉得很对不住惠珍。惠珍却并不往心里去，一如既往地待九妹好。九妹生了这种恶毛病，若不是惠珍方方面面替她张罗，九妹差一点一头撞死了。

九妹不晓得自己的手术花了多少时间？此刻到底是上午还是下午？于是她将眼皮翕开一条缝，正碰着病房顶上惨白惨白的日光灯，陡然一惊：怎么？已经是夜里了？他说的，下午会到医院来的，难道他又要食言？心里面一阵酸楚，虽是磕紧了眼皮，泪水依旧从眼角一片一片渗溢出来。

周围的人都看见了她的眼泪，惠珍急煞煞道："九妹，怎么啦？是不是很痛啊？要不要叫医生来啊？"

三姐朝惠珍摇了摇手掌，伏下身子，在九妹耳畔轻柔柔地道："兆安被医生叫到办公室去了。"又道："他下午两点多钟就守在你旁边了。"

九妹的心出笼雀儿般哗地飞翔起来，仍是合着眼，蹙紧的眉头却缓缓地舒展了。

惠珍狠狠翻了三姐一个白眼：他杨兆安分明刚刚到的，你帮他打什么掩护啊!

三姐只是笑笑,用手指帮九妹�去腮边的泪水。还是三姐最晓得九妹的心思,眼下最关紧的是让九妹心里开心啊。三姐和九妹就姊妹俩,三姐生在三月里,就叫三姐了;九妹生在九月里,就叫九妹了。

许时,九妹听得病房门吱喽地响了一下,随即便浮尘般扬起一片唠唠嘈嘈的人语,因都紧着嗓敛着声,她捕捉不到一个词,却感受到了一种气息,她最最熟悉的气息。她霍地撑开眼皮,甚至还稍稍仄起了脖子。她终于看到他了。"兆安——"她努力地发出声来,并且向他伸出了一只手,鸡爪般瘦骨嶙峋。

大家刹那间闭口噤声,尘埃落定般,齐刷刷盯住杨兆安。杨兆安还怔忡着,被惠珍恨恨搡了一把,便小心翼翼走到病床跟前。他低垂着眼皮,回避着妻子哀哀渴求的双目,轻轻捏住那只冰凉且粗糙的手,犹犹豫豫道:"九妹,不碍事……医生说,还好发现得早……等伤口好了,做一段化疗,注意休息,注意营养,会好起来的……"九妹长悠悠地吐出一口气来,他真是许久没有用这么温煦的语气同自己讲话了。以自己的毛病来换回他的温情与体贴,九妹是情愿的。她缓缓地合上眼皮,却用尽气力捏住他暖烘烘的手不松开。

杨兆安有点尴尬,一来他已经不习惯在众目睽睽下做夫妻恩爱秀了;二来,他还得将九妹的真实病情详细告诉三姐和惠珍,这是必定得避开九妹的呀!可他又不忍心强行从九妹的握捏中挣脱出来。他稍稍尝试往外抽掌,九妹的握捏便更加紧了。他晓得这一刻他便是她的救命稻草。正进退两难处,他西装内侧袋里的手机不合时宜地响起来,机身微微振动,轻轻击打着他的胸口。他马上意识到这只电话是谁打来的,便不理睬它,由它一遍一遍地呼叫。他想,他不接它,对面的人应该意识到他的不方便,应该停歇下来。偏偏那铃声摆出誓不罢休的姿态,无休止地吵闹着。

惠珍忍不住道:"杨兆安,你要么关机,要么告诉人家你在病房里。

这样闹下去，我们都要变神经病了！"

杨兆安顺势从九妹掌捏中抽出手，摸出手机，一眼看到来电显示出那串熟悉得不能再熟悉的数字，略略犹豫，便摁了关机键。

九妹忽然出声了："它响了好久，万一人家有要紧事体呢？"

杨兆安怔了怔，偷眼瞄了瞄惠珍，讪讪道："那我到走廊里接听一下，马上就回来。"

2

杨兆安出了病房，喘了口气，急急地打开手机，迅速按出那组熟悉得不能再熟悉的号码。耳朵便像被沸腾了的水汽炙烫了一般，"杨兆安，你为什么不接我电话？今天什么日子？你要再不过来，就永远别过来了！"

杨兆安急急从走廊冲到电梯间，方才压着声音道："李园，我不是跟你说了，我老婆今天开刀！"

对面不依不饶："开刀会从早上一直开到晚上啊？你还当我是当初那个天真烂漫的小姑娘，被你几句诗一吟，就跟你上床？"

杨兆安几乎要喊出来："李园，我老婆那只坏东西已是晚期了，她恐怕只有一年半载的日子了，你，你，你讲点人道主义好不好？"

对面沉默了片刻，语气已软和下来："我又不晓得她的病会这样重……看你对她那样吃心吃肺的，我情愿自己生毛病了！"便哽咽住了。

杨兆安心里涌起了无限的爱怜，轻轻道："你不要瞎说，我要你好好地活着，永远是我年轻漂亮的园园。"

对面娇嗔地"啐"了一声。

杨兆安又道："我在花店订了一只三色玫瑰的花篮，这时候应该送到了吧？"

李园轻轻嗯了声，无奈道："这么说，你今天真的不过来了呀？"

杨兆安迟疑着，不晓得如何回答。

"算了算了，你就安心做你的好丈夫吧！"缩了下鼻子，又咕道："早晓得，我也不用请假，倾令喔唦烧了大半天，弄了一桌的菜。还特地去淮海路马可勃罗买了巧克力栗子蛋糕……"

杨兆安歉疚得恨不得立时三刻跑到李园的小屋中，将她搂入怀抱。今天原是自己与李园相恋十年的纪念日，许多天前两人就商议如何好好地庆祝一番。李园提出许多种方案，譬如去郊区度假村过一个浪漫的"新婚之夜"啦；或者乘游轮品尝一次"神仙之旅"啦，皆因杨兆安有家庭之累，无法实现。如果仅仅去哪处高档餐厅吃一顿，那就太没有新意了。他俩这十年中，已经把沪上大小知名餐厅几乎吃了个遍。最后李园便说，"哪里也不用去了，就到我家来，让我亲自烧一桌小菜给你尝尝。你不要以为我只能当情人，不会当老婆哦！"

杨兆安早就盘算妥当，提前一天告诉九妹，他要去公司下属的工厂处理一些事情，晚上赶不回家。杨兆安大学毕业先是进厂当技术员，慢慢升任厂长，后来调到上属公司任副总经理兼总工程师，他回厂处理业务的问题是顺理成章的事。厂址在松江新工业园区，工作时间拖晚了，赶不回城也是顺理成章的事。李园的住房就在莘庄，他从厂里出来搭乘两站地铁，顺理成章就到李园家了。几乎每个月，他总有这么一两天下厂的日子，便能够偷着一夜跟李园欢娱，那番缠绵温存自不必说。

杨兆安没料到九妹开刀的时间也会定在这一天，幸好九妹是一贯的宽怀体贴，并不坚持要他送去医院。他蜻蜓掠水般去厂里转了圈，又亲自去花店选了红、白、黄三色玫瑰，每色三十三朵，并指点花店女老板将花篮装点得华丽典雅。再三关照，花篮一定要在时钟敲六点时送到，先给李园一个惊喜。安排妥当，方给李园打电话说明缘由，自己恐怕要在医院耽搁得晚一点，才能到她家了。

他赶到医院已经向晚，医院大楼背后，血红的流霞间隔黑灰的暮云，让人触目惊心，不祥的感觉油然兜上心头。果然，医生神色凝重地让他看了九妹的细胞检测报告，病情十分凶险。照医生的经验，化疗也只能拖延她数月的生命，何况还要看她术后各项体征是否经受得住化疗。

杨兆安只觉得一股寒气蛇一般在身体内四处游弋，上下牙齿"咯咯"地打颤。他跟九妹多少时间不过夫妻生活了？才跟李园好上的时候，为了不让九妹察觉，隔数日，他总勉强自己与九妹行一回房事。随着他跟李园情事愈浓，与九妹的这种形式间隔时间也愈久。九妹在夫妻生活上从来是被动的一方。新婚夜起，向来是杨兆安需求了，她就默默地配合，杨兆安不提出做这桩事体，她决不会有任何表示。不知从哪一年哪一月哪一日开始，他们夫妻间竟就没有了肉体的亲密接触，哪怕睡在一张床上，也是各钻各的被筒，互不干扰。

可是，九妹却是杨兆安生活中不可或缺的重要部分。如果没有了九妹，杨兆安不晓得自己春夏秋冬的衣裤鞋袜分别放在哪只柜子哪只箱子里；如果没有了九妹，杨兆安不晓得如何跟已长成亭亭玉立大姑娘的宝贝女儿沟通交流；如果没有了九妹，杨兆安不晓得买什么样的东西送给耄耋之年的双亲，花钱不多，又能讨他们的欢心；如果没有了九妹，杨兆安不晓得他的家还能不能保持现在的洁净、整齐、温馨、安宁！所以，在过去的十年中，李园不止一次地暗示他，要他结束跟九妹那名存实亡的夫妻关系，他却下不了决心，一次次地找借口推诿拖延。

杨兆安正捏着手机跟李园磨磨叽叽，女儿和惠珍母子一起出来了。女儿朝他大声道："爸，学生会晚上有重要活动，阿荣送我回学校去了。"杨兆安"唔、唔"地朝女儿点了点头。

惠珍气咻咻冲他道："杨兆安，你这算哪一出？跑到病房不看病人，只顾打马拉松电话，有完没完啊？"

杨兆安素日最忌九妹的这位"闺密"，口无遮拦不说，前些年还差点被她撞破隐情。那回李园意外怀孕，他陪她去医院做人流。惠珍恰好在那家医院洽谈药品业务，劈面碰上。杨兆安慌乱中称，李园是公司员工，得了急病，他这个副总经理是代表公司领导层陪她来医院治疗。惠珍口中不说，一脸的怀疑，朝李园狠狠地剜了几眼。杨兆安提心吊胆了好几日，看看九妹依旧芊芊柔柔的样子，并无丝毫愠色，估计惠珍并没有在她跟前安言妄语，方才放定了心。不过对惠珍总是怀着几分畏惧和警惕。

杨兆安吧嗒合上手机，摇摇头，道："真没有办法，刚从厂里出来，电话就追着来了！"又道："九妹，怎么样啦？"

惠珍没好气道："九妹怎么样你刚才也看见了呀。医生关照了这几天不能下床，二十四小时要家属护理的！"

杨兆安忙道："方才医生也跟我讲了，我托他们给九妹请一个二十四小时的护工……"

"九妹哪里肯要陌生人服侍她呀？"惠珍毫不客气地打断他，一对眼珠捕获猎物般紧紧地盯住他："杨兆安，你们公司总归有年假的吧？你把年假拿出来陪九妹，怎么样？十来天工夫，大概差不多了。"

杨兆安心里暗叫苦。李园有个朋友是旅游公司的老总，竭力向她推荐地中海豪华轮半月游的项目，李园很心动。杨兆安拗不过她，便请了年假，对九妹只说是公司派他出差欧洲，却与李园度蜜月一般携手畅游地中海去了。

杨兆安避开惠珍犀利的目光，嗫嚅道："这个时候，公司上下都忙，我恐怕……不好意思开口的……"

三姐夫妇出来了，三姐接口道："兆安，你工作忙，我们晓得的。我跟惠珍商量了一下，日里由惠珍陪护，我陪夜里。现在只有傍晚那段时间落空。惠珍要回家做晚饭，我呢，也要做了晚饭，厨房里事体弄停当了才能过来接班。你看看，你下了班，过来填这个空当，最多两三个钟头了。行不行啊？"

杨兆安这才明白惠珍是故意为难他，连忙回应三姐："行，行啊！我总归要来看九妹的嘛！"

惠珍乜斜着眼珠盯着他，一脸的不屑，还想说什么，被三姐捏住胳膊制止了。三姐道："事体就这么定了，为了九妹，大家辛苦点。"嗓子瘖哑哑的，又关照杨兆安："我们先回去收拾一下，我大概九点左右会过来换你的。"又塞给他一包可颂小面包，道："肚皮饿了，先垫垫饥。"又补充一句，"你快点进去吧，九妹像是睡着了，不过她很惊醒的。"

杨兆安虽然觉得九点钟太晚了些，却也只有应诺的份了。

3

杨兆安再次走进病房，却见九妹双目合拢，呼吸均匀，睡熟了似的。一绺枯黄干燥的鬓发散乱地贴在她黄腊腊的面颊上。杨兆安不由得伸出手，将那绺发丝拨到她耳后。他的手指触着九妹的面颊，冰冷冰冷。不觉一惊，鼻根处酸叽叽的。

他和九妹刚谈恋爱的时候，九妹梳着两根黑油油的长辫子，面颊被乡村的风吹得红喷喷，涂了胭脂似的。那时候杨兆安看九妹，就像从画里面走出来的仙女。

正是吃晚饭时间，左右邻床的病人都有家属在喂饭。九妹因刚动手术，只能吊营养液。杨兆安看看点滴管子，淡棕色的液体间隔地滴得很有规律，他也插不上手，便在床头边的木凳上坐下，疲惫地从胸腔深处吐出一口气来。

这些年来，他已经习惯了自己有条不紊的日子——在单位，是个有能力有人缘的好领导；在家里，是个赚钱养家的好丈夫好父亲；在李园那边，又是个深情款款温柔贴心的好情人。扮演这三个角色，杨兆安已经应付裕如且得心应手，时间安排错落有致且滴水不漏。可九妹这一病，便像八仙方桌缺了一腿，烧水铜吊漏了底。往后的日子该如何调排？杨兆安想都不敢想。

折腾了一天下来，杨兆安真有点筋疲力尽了，便把头靠在病床横档上，打起了瞌睡。迷迷糊糊间，他觉得有凉凉的软软的东西在摩挲自己的面孔，他忽地睁开了眼，却是九妹的手掌！

九妹见他醒来，慌地收回手，尴尬地咧了咧嘴，吹气般道："看把你累的……其实，你用不到陪的，三姐过会子就来了嘛。"

杨兆安不晓得该跟她怎么说，你自己都病到这般地步，还跟我客气！杨兆安就是腻烦九妹那种过分的隐忍谦卑，把自己弄得童养媳一般。他难得下班早回家，晚饭还没有端上桌，九妹便会一遍遍地道歉，一脸的惶恐，好像他责骂她怪罪她了。他有这么不通情理吗？吃饭的时候，他若拣一筷鸡大腿啦蹄膀肉啦给她，她定规拣回到他的碗中，还要说什么太油腻吃不进之类的推辞，好像他给她吃的是毒药！每每惹得他兴致索然，渐渐地也就省了那份关切之情。杨兆安愿意她像李园那样，跟他作哕撒娇，差他做这做那，让他觉得她需要自己，离不开自己。

九妹见杨兆安沉吟不语，小心翼翼问道："是不是……？医生说什么啦？你照实讲给我听，我受得住的。"

杨兆安忙道："你不要瞎想，医生说了，是早期的，淋巴细胞一只也没有转移。做几次化疗，预防预防。"自与李园好上，杨兆安经常要编谎话哄九妹。他已经可以在九妹跟前面不改色心不跳地把谎话说得跟真的一样。

九妹浅浅一笑，因为瘦，唇边眼角细纹像残秋枯萎的菊瓣，杨兆安慌忙调开眼珠。就听九妹问："那我什么时候可以回家？这病床每天要多少钞票啊？"

杨兆安含糊道："总要等伤口长好了，钞票你不用担心的……"说不下去了。他原是想多出点钱，让九妹住一人一间 的特需病房，他只有花钱来补偿自己对九妹的歉疚。可是，九妹执意不肯。三姐也认为没有必要，三姐认为不如托惠珍去买几支野山参，给九妹补补气。惠珍这方面路道粗，能搞到真货。

杨兆安发现九妹的身体在被子底下不安的蠕动着，挪过来，又挪过去，便问道："你什么地方不适意？我来替你按摩一下。"说着便立起身。

九妹无力却坚决地摇摇头，将半张脸藏进被子，只露出一对眼珠，忸怩道："兆安，你去喊旁边那位阿姨过来一下，好吧。"

杨兆安猜不透她什么意思，也只好顺着她，起身招呼隔壁病床陪护的中年妇女。那位阿姨原是个热心人，弯下腰问九妹："啥事体啊？尽管说好了，我在医院已经做了靠十个年头了。"

九妹轻轻吐出一个词，那阿姨直起腰，瞪着杨兆安道："你是她男人不是？她尿急了，扁马桶你总归会用的吧？"

杨兆安两只耳朵烘地热起来，手忙脚乱到床底下找扁马桶。

九妹抬高了声音，急道："阿姨，谢谢你帮帮忙，这种事体他做不来的！"

那位阿姨横了杨兆安一眼，利索地将扁马桶塞到九妹身下，一边咕道："做不来好学的呀，这种又不是什么难事体！"待九妹尿毕，她将扁马桶取出。正巧隔壁病人哼哼唧唧地唤她，她便将扁马桶往杨兆安胸前一送，道："倒马桶会倒吧？不会倒，先放在厕所间，待会我来。"

杨兆安满脸通红地接过扁马桶，跑到走廊公共厕所间里，定定神，还是将尿倒了，又用清水荡了荡。

待杨兆安回到病房，九妹满脸羞色，咬着被头边沿，眼眶里蓄满了泪。杨兆安将她肩胛头被子披披好，她忽然就道："兆安，我拖累你了……"一言出口，眼泪也随着咕噜滚落下来。

4

三姐九点不到五分钟急急地冲进病房。回家做饭涮碗，心却一刻也没安定过，生怕杨兆安照顾不好九妹，反倒引得九妹心烦。当初母亲却阅尽人间沧桑，早看出杨兆安大少爷脾气，九妹嫁给他享不到多少福，家务事上上下下有得她忙了。果然如此。不过九妹是从无怨言的，九妹把苦捂在心里面了，生生地捂出了这种恶毛病。

这一刻，三姐却看见九妹合拢眼皮像是睡熟了，杨兆安额头抵住床横档也在打瞌充，可九妹的一只手却从被头底下伸出来，与杨兆安的一只手紧紧捏在一起。三姐一颗心落定了，不想惊动他们，便在九妹床脚跟坐下。不料邻床阿姨见了她，便笑吟吟道："阿姐，你妹妹妹夫这把年纪了还这么要好，没见过。"邻床阿姨喉咙响，把九妹和杨兆安都惊动了。杨兆安慌忙挣脱九妹的握捏，讪讪地立起身来，道："三姐来啦，家里事都安排定当了呀？"

三姐道："家里也没多大事，无非弄三餐饭。你快回去吧，早点休息，明朝还要上班的。"

杨兆安便俯下腰身，跟九妹道："不要东想西想的，好好睡一觉。困好觉赛过吃人参嘛！明天下了班我就过来。"又掖了掖她肩胛的被头。

九妹细小的脑袋在枕上蠕动了一下，她不敢看他的脸，生怕眼泪水会滚出来。他多久没有这样贴心这样柔情地跟自己说话了呢？

杨兆安走出病房，脚步便加紧了。晚上九点一过，住院大楼只有一部电梯在运行了。他等不及，去走安全楼梯，三级并两级地跳了下去。

杨兆安天性谨慎稳重，开车从不超过100码。这一刻他上了高架，破天荒把车开到130码。想着李园孤独寂寞地守着一桌子冷菜的样子，真恨不得背后长出一对翅膀才好！

杨兆安停车时仰头看看，李园家垂着紫花纱帘的窗户透出幽秘的光晕，就像她一往情深的双眸。为了给李园一个惊奇，他不摁门铃，用钥匙轻轻开了门，在门厅里换了软底拖鞋，蹑手蹑脚走进客厅。

首先映入眼帘的是丰盛的餐桌，菜碟精心摆成梅花形状，栗子蛋糕上齐齐地插着十只小蜡烛。那只一人高的三色玫瑰花篮静静地期待地垂立在旁，像倚门望郎归的娴雅女人。再往里走，他呆住了——

李园斜靠在沙发上睡着了，她竟穿了一袭月白色镶粉色宽边的软锻旗袍，当胸及底绣着一只五彩缤纷的凤凰！李园曾给他看过这件旗袍，她说，总有一天，她会成为他的新娘。他们结婚那天，她会穿上这件彩凤旗袍！可她今天为什么将它穿上身了呢？

杨兆安单腿跪在沙发边，伸长头颈，在李园光滑如玉的额头上亲了一下，他的头颈却被两只玉笋般的胳膊圈住了。

李园"咯咯"地笑着，翻身坐起，得意道："我就晓得，再晚你也会过来的！"

"你是装睡呀！"杨兆安趁势将她放倒在自己怀里，将脑袋拱在她肩窝里，引得她笑个不停。

他俩团在沙发里亲热了一番，李园跳起来道："我去热菜。肚子都快饿穿了呢！"

杨兆安并没有多大胃口，但他不想扫李园的兴致，打起精神帮着她将菜碟一只只端进厨房去。

李园点燃了蛋糕上的蜡烛，又将屋顶灯灭了。影影憧憧的烛光中，她的双眸像两泓掩映在芊芊草木中的深潭，那么清湛又那么幽邃，直教人腾起跃入其中的欲望。杨兆安原本不是多情的种子，且特别注重自己在周边人群中的口碑，平素束身自好，规行矩步，然而终于抵御不住李园双眸的诱惑啊。

李园将葡萄酒潺潺地注入透明的高脚酒杯，殷红的琼液在杯子底回环盘旋，看着就叫人心醉神迷。

他们一起擎起了酒杯，李园噙住汩汩溢出的笑意，道："兆安，你说，今天，应该祝我俩什么呢？"

杨兆安莫名地一惊。隔着红宝石般晶莹的酒浆，他发现李园的眼珠贼亮贼亮，亮得灼人，简直就像当年插队时，夜行山道，狭路相遇的狼的眼睛！

杨兆安完全懂得李园想让他许诺什么！

其实，下午，在医院，当医生告诉他九妹病情十分严重之时，他立马就想到了这一点，九妹不久人世，李园便可正大光明跟自己结婚了！

当时，他被自己的想法吓倒了，难道自己真就盼着九妹去死？他在心里狠狠地责骂自己，鞭笞自己，气咻咻地将这个念头拗断、踩烂、埋葬！

这一刻，李园充满欲望的目光像一只垂着肥腴诱饵的钩子，将他以为已经拗断踩烂埋葬的念头徐缓却准确无误地从他心灵深处吊了出来！杨兆安悚地起了一身鸡皮疙瘩，他不敢直视李园，只匆匆将酒杯与她的丁当一碰，呼地将酒往口中倒了下去。

她也抿了口酒，并不逼他道出她想要的，也是他欠她的许诺，只将面孔上波涛汹涌的笑纹敛成了微波粼粼，轻淡悠远。都熬了十年，难道这几个月就熬不过去吗？她对眼前这个男人胜券在握！她便款款地欠身为他撅了满盆的菜。他躲地雷般回避着她的眼珠，也殷勤地为她撅菜，并努力做出饿不择食的模样，拼命地往嘴里塞东西，拼命地嚼。

他们也切了蛋糕，吹了蜡烛，默默许了愿。在这个对他们来说极有意义的夜晚，他们把一切该做的程序都做了，就是不谈九妹的病情，不谈倘若九妹不久于人世后他们会怎么做！后来他们就上床了，杨兆安却没有了往常那般的激情。想着九妹气息奄奄的病容，杨兆安都不敢去拥抱李园活腾腾暖融融的躯体，只得直挺挺躺着，以重重的鼾声来掩饰尴尬。

破天荒啊，他们躺在一张床上，竟然没有云雨交欢。十年来头一遭！

5

九妹的体质太弱了，真叫做积重难返。各项体征指标一直达不到可以做化疗的要求。后来静脉注射了几针人体球蛋白，方才勉强合格。两次化疗后却大败亏输，奄奄一息地又住进了医院。医生告诉家属，病人的后事好准备起来了，也许就在这一两个月里，至多也不会超过半年。

九妹这趟住院，不是十天半月能出来的，大家都做好了打持久战的准备。三姐跟惠珍商量了，决定给九妹请个全护工。前一段，惠珍因为老公下海做生意赚了钱，她便提早退休回家享清福。可最近，她老公生意遇到点麻烦，两三个月不拿钞票回家了。她便又出去找了份生活，照她的话，赚点活络钞票补贴家用。如此一来，日里便不可能到医院陪护九妹了。若要三姐从早到晚连轴转地看护九妹，三姐自己身体也不好，家里又不能全抛得开。两人拿下主意，便去征求杨兆安的意见。杨兆安自然一口答应，又说，要找好的。多出点工钱没有关系。惠珍白了他一眼道："有了护工你也要常常去医院看九妹噢！"

还是惠珍的关系，九妹仍住老医院老病房。临床病人的护工阿姨一口答应顺带便看护九妹。看一个看两个，不过多动几次手脚，不碍事体的，你们一百个放心好了。这是她的原话。

九妹是在初秋里开的刀，那时节，病房窗外的梧桐叶缀成深绿焦红的一片，彩锦似的。进进出出几个来回地折腾，天气不觉冷峭起来。北风凛凛地吹了一夜，天亮时九妹朝窗口望了眼，心忽地被人摘去似的：昨日还哗啦哗啦唱着的满树梧桐叶，怎就不见了？枯枝阑干，撑得她眼珠子生生地痛。她不由得摸了摸因化疗而落尽头发光秃秃的头皮，无尽的悲凉淹没了她。

头发刚脱落时，杨兆安来看她，她把头缩在被子里，跟他说话。没说几句就催着他走了。三姐晓得她心思，连夜用大红绒线织了顶帽子给她戴上，也是冲冲晦气的意思。红帽子衬得她面孔有了点血色，她便日夜戴着，分分秒秒不肯脱下。有了这顶红帽子，她便盼着杨兆安来。杨兆安因她有了护工，一星期至多来一趟，来了坐不到半个小时，总说是这边会议那边客户的，匆匆地离去。九妹嘴上不说，只杨兆安来过后那餐晚饭，她是最无滋味的，勉强吞下去一两口，便不肯再张嘴了。护工阿姨也觉出了端倪，背地里关照杨兆安，下趟过来，索性晚点，好让她定定心心吃晚饭！

三姐隔一日定规会做一两只可口的小菜送到医院来。三姐是最不肯相信医生下的定论的。人家生这种恶东西，活了十多年的都有，凭什么九妹就不能活得长些？！听人讲，若想做化疗效果好，必要尽量补身体，要吃高蛋白，提高自身对药物的耐受力。三姐便千方百计变着法做好吃的。裹馄饨，几只河虾馅，几只腿精肉馅，几只青菜香菇馅，口味不一样，九妹胃口就会开的。又特意去朱家角买得野生小甲鱼，佐以虫草灵芝片西洋参，用紫砂锅隔水蒸，从天亮一直蒸到黄昏边。端到医院里，九妹却是吃下去的少、吐出来的多。三姐却相信，能吃下去一点也是好的。仍坚持不懈地送小菜来。

　　惠珍讲讲日里没有时间到医院看护九妹，她却是天天跑到医院里来的，大都在下午三点以后，正是家属探视病人的时间。原来惠珍现在是在替沪上一家知名的殡葬公司做墓地推销员，头脑活络的她马上意识到医院里有她的顾客群。惠珍因顾及九妹的感受，从不当九妹的面谈生意。每每到九妹病床前点卯，便去楼上楼下其他病区串门。她待人一向自来热，且巧舌如莲，做推销再恰当不过了。几日后，便与众多病人家属熟稔起来，并且顺利地做下了几笔生意。

　　惠珍虽然没有在九妹的病房里做推销，可是这信息还是传到了九妹病房里来了。这日午后，九妹迷糊地睡了一会，醒了，仍合着眼皮养神，便听到了邻床病人家属跟护工阿姨的交谈。

　　那家属道：“听讲这床病人的那位朋友是做墓地推销的啊？”

　　护工阿姨道：“我不晓得。我们只管看护好病人，从来不做包打听的。”

　　那家属“哧”地一笑，道：“哦哟，你这么保密做什么？人家做生意的，恨不得大喇叭拼命喊才好呢。”

　　护工阿姨道：“人家做生意，关你啥事体呀？”

　　九妹将脑袋往被头外拱了拱，想听得清楚点。

　　那家属道：“你没见现如今土地价发疯似的涨，以后人死了，葬也葬不起。楼上病房里有人已经在她手上买了块墓地，听讲还蛮实惠的。”

　　护工阿姨没好气道：“你当着病人穷讲死不死的，晦气不晦气呀？”

那家属反倒理直气壮起来："这你就不懂了，人有病，买块墓地，墓碑上刻上红字，冲冲喜，毛病反而会好。你想想，历朝历代，哪位皇帝，不是早早就把陵墓造好的？"

护工阿姨讲不过人家，气鼓鼓道："你不要跟我讲历朝历代的事，等会人家来了，你自己问她好了！"

偏生这一日惠珍来得特别晚，邻床家属一遍遍跑过来问，问得九妹也心焦起来。因她心里突然长出来一个念头，好像春头上的笋尖嗖地窜，便比任何时候都盼着见到惠珍。

一直挨到窗户墨漆黑，病房里屋顶灯咣咣亮了起来，惠珍方才急咻咻跑到九妹病床跟前，连说了三个"对不起"，无奈笑道："人想赚钞票，就不自由了。被几个客户缠住，实在脱不开身啊。"其实惠珍老早就到医院了，真是被其他病区的几位想买墓地的家属缠住，并且又做成了一单生意。

惠珍将气喘平了，朝九妹窝下脑袋，问道："今日感觉怎么样？好点了吧？我说嘛，慢慢会好起来的！"

九妹鲜红绒线帽檐底下的一对眼珠，乞食猫儿般扑棱扑棱地盯住她。牙齿咬住嘴唇，好像口中有东西要掉出来似的。

惠珍扭着头颈左右看看猜道："杨兆安又好几天没来了是吧？"

九妹却摇头，绒线帽擦得枕巾沙沙响。惠珍正待再问，邻床家属凑了过来，讨好地笑道："阿姨你来了呀！我们也想到你这里排个号，你手中还有好一点的地块吧？"

惠珍小心翼翼看看九妹，嘿嘿嘿地打着哈哈，正巧三姐推门进来，惠珍像看见救命菩萨似的。忙立起，推着邻床家属向外走。三姐旋开保暖筒的盖子，一股浓香便在病房里弥漫开来。护工阿姨笑道："哦哟，什么好东西呀？闻闻也解馋呢。"

三姐也笑道："是鸽子汤，放了块火腿，补补气。"

九妹掀起被子盖住脸，三姐轻手轻脚揭开被子，轻声慢语道："九妹，听姐的话，吃不下去也要吃！吃进去东西了，毛病就会好起来的。"

九妹委曲道："你去把惠珍叫进来呀！她什么事？鬼鬼祟祟地要避开我？"

三姐恨得跺了下脚，跑出门，冲着惠珍斥道："九妹起疑心了！叫你做生意不要在她眼门前做，你怎么……"

惠珍慌得将手中一份广告塞给那位家属，道："我们电话再联系，你定下什么时间去看地，我一定奉陪的！"便跟着三姐急急走入病房去。

惠珍讨好的笑像一朵拙劣的人工绢花，凑近了九妹，压着声道："隔壁那个人十三点兮兮的，拖住我烦不清爽了！不睬她了。"

九妹蓦地松开牙齿，双唇中骨碌滚出一句："你也帮我买块墓地吧！"

三姐跟惠珍都吓了一跳，两人几乎同时出口："九妹你不要瞎想，你毛病会好的呀！"

九妹酸楚地咧开嘴作笑状，道："听人家讲，生毛病人买块墓地，好冲掉晦气的！"

三姐立即回驳："讲起来总是操喜事冲喜去晦气的，哪有用晦气来冲晦气的？"

九妹像接口令般再驳道："那历朝历代，皇帝为什么都早早把陵墓造起来呢？"

一句话将三姐戳瘪掉了，只好转头看住惠珍。想惠珍向来玲牙利齿的，你倒劝劝九妹呀！

惠珍显出些许尴尬。她听九妹讲的那些话，都是自己向病人家属推销阴宅时讲过的，九妹一定是听到了病人家属们的议论。周遭病床边多少只耳朵竖着，任凭她嘴巴再巧，立时三刻哪里找得到妥当的话来批驳自己创造出的理论呢？情急下，她将三姐拖到门口，压着声音道："你就顺着她嘛，她心里开心，对毛病总归有好处的！"

三姐气恼道："亏你还是九妹的要好，赚钞票赚到九妹身上去了？"

惠珍急叫起来："穷死饿死我也不会赚九妹的钞票，就应她一声，图她个安心，我又不会真让她付钞票的。"

三姐这才平息下来，想想也只有这样了。

两人回到九妹病床跟前，惠珍将面孔凑近九妹，道："我说服三姐啦。你放心，这事交给我办，你有什么要求，尽管跟我讲。"

九妹合拢眼皮，有些憧憬般缓缓道："墓前最好要有条河，墓后要有棵树，碑上刻两行字，红的刻上杨兆安，黑的刻上曹九妹……"

三姐和惠珍互视了一眼，惠珍忙道："当然两个名字都刻红的喽！"又犹犹豫豫问道："这事……你跟兆安商量过吗？"

九妹忽地拆开眼皮，斩钉截铁道："我会去跟兆安讲的，兆安肯定同意的。"停停，又道："我们老早就约好了的！"

6

这一日，杨兆安算算自己又有一个多礼拜没去医院看九妹，自己心里都过不去了，下班时忙给李园发条短信："去一下医院，很快就回家的。"原来九妹再次入院后，女儿又住校，杨兆安索性住到李园小屋里去了。十年来，两人方才有了真正像夫妇般的日常日子。

杨兆安赶到医院，九妹因让护工阿姨将病床摇起，斜靠着，深陷在眼窝里的眼珠灼亮地盯住他。

杨兆安被她盯得心惊肉跳，莫非这段日子住在李园处，被她觉出了端倪？再想想，九妹病成这般模样，怎可能察觉他的行踪？唯一的可能，除非是惠珍嚼舌头。便强作镇定，笑道："怎么啦？九妹。是怪我不常来医院对吧？唉，单位里事体太烦，太多……"

九妹腾地绷直身子，一把捂住他的嘴。动作过猛，便喘起来。杨兆安慌得去拍她背，被她推开了。喘吁吁道："兆安，你还记得我俩头一次约会吗？"

杨兆安猝不及防，像被人敲了一榔头，懵住了。

九妹弓背靠下，手捂心口，幽怨道："不成你忘了？"

杨兆安回过神来，心里面纵然万般不愿提那久远的往事，却也只得应付道："哪里会忘记？我约你过小河到村后那两棵老榆树下面去的。"

九妹绽出一朵笑容，好令人担心她面孔上皱起的皮会像落英般一瓣瓣飘坠。她显然还有话要讲，苍白的双颊竟显出两堆红晕，像煞戏台上媒婆的妆容。停停，轻悠悠出声："那么……你说的那些话，还记得吗？"

杨兆安真的不记得当时对九妹说了些什么，无非是向姑娘表白心意的那些话，可具体用了哪些词汇，组成怎么样的句子，他没印象了。他犹豫着，抿紧有棱有角的嘴唇，生怕一张嘴，会将对李园说的情话漏出来。他看见九妹面颊上的红晕一点点褪尽，眼珠一点点黯淡起来，他晓得避不过的，便含混道："都是老夫老妻了，让别人听到，当我们花痴！"

九妹唧住他的话尾嗔道："谁会偷听别人家俩口子说话呀。你那时说的，生生死死不分离，死了也要同坟台，记得吗？记得吗？"

杨兆安被她一提醒，真想起来了，背脊上起了一层鸡皮。当时他们多年轻啊，真就想生生死死在一起的。现在想想，那时候的人好幼稚。几十年的岁月，样样东西都在变，谁能保证人心不变呢？梁山伯祝英台倘若真成了夫妻，恐怕也难保鲜他们之间的情感吧？

九妹见他沉吟不语，绝望道："你真的忘记了呀！"眼窝里忽地涌出大砣大砣的眼泪，便将脑袋缩进被窝，只露出小红帽的尖尖，鲜红的一点，杜鹃啼血一般。

杨兆安慌了，隔着被子抚着她的肩，柔声道："谁讲我忘记了？我还说那坟上会长出一棵相思树，树上会栖着一对孔雀，就是你和我的来生，对吧？"

九妹躲在被窝里抽泣起来，杨兆安手掌稍用了点力气，推推她，急道："九妹，别哭，别哭，人家都看住我们，当我欺侮你了。"

九妹的啜泣声刀切般断了，许时，她才钻出脑袋。杨兆安不得不稍稍挪开视线，九妹的一张脸憋得像片濡湿了揉破了的败叶，惨不忍睹。

九妹哑着嗓道："我就晓得你不会忘记的……"又哽咽了一下，缓了缓，"所以我想托惠珍帮我们买一块双穴墓地，她现在做的就是这个生意。"

杨兆安浑身汗毛管刷地立了起来，头皮一阵阵发麻。颤着声道："九妹，你不要瞎想，你的毛病会好起来的，我保证！我们要用最好的进口药，我们要每天打一支人体球蛋白，……"

九妹哧哧一笑，道："看把你吓的，我也不想死呀。人家都讲，活人做墓，把名字涂成红颜色，可以冲掉晦气的。"

"迷信！完全是迷信！"杨兆安愤愤道，他马上猜到这种话肯定是惠珍编排出来的。倘若惠珍此刻就在跟前，说不定他会一拳将她揍扁了！他强按住怒气，尽量婉转了声音，道："九妹你就是耳根子太软，你想想，如果做墓能够治好毛病，那还要医院医生干什么？目前你要做的，就是听医生的话，安心养病，我和女儿都等着你回家呢。你不晓得，没有你，我们家乱成什么样子了！"

九妹没有出声，眼睛睁得大大的，看住杨兆安。可是杨兆安觉得，她的目光并没有落在自己身上，而是穿过他的皮肉骨头，跑到不晓得哪个地方去了。

杨兆安搜索肚肠还想找些词句来宽慰她，却见三姐和惠珍一前一后地进了病房。杨兆安立起身，他当然不会真的去揍惠珍，他只是厌恶得不想跟她搭腔，只对三姐点了点头道："你们来了呀，那我回去了。"别转身走了。

杨兆安回到李园的小屋，李园早已把小菜做好，一只只放在桌上。菜碗都用瓷盘子罩着。见他进来，便要揭盘子盛饭。杨兆安忙道："等等，让我先冲个澡。"九妹跟他讲起做墓的事，让他觉得不吉利，总像有黑白无常在屁股后面追着，要拖他进坟墓一般。

杨兆安冲了澡，换了干净的棉布睡衣。坐到餐桌边，仍觉得心里不清爽，一点胃口也没有。胡乱扒了几口饭便放下筷子。

自他进门，李园的眼珠子就没离开过他，早觉出端倪，冷笑着问道："怎么？你老婆，病情很严重？瞧，你心疼得失魂落魄的样子！"

杨兆安只觉得头沉沉的，用手指按捏着眉心，没好气道："你说你跟一个重病人吃醋，有意思吗？"

李园噘起嘴道："谁叫你身在曹营心在汉的？你索性就在医院陪她好了，何必要回来呢？你走啊，走啊！"边说边推搡他。

杨兆安气恼道："我的小祖宗，你别闹了好吧？方才九妹提出要跟我做合墓，我脑袋都要炸开来了。"

李园一个愣怔，咚地跳起来，喊道："什么？这个女人这样恶毒啊？自己要死了，还不放过你，还要拖你一块进坟墓！杨兆安，你一直说你老婆人如何善良，如何厚道，不忍心伤害她。这十年，我就让她跟你做夫妻，自己倒弄得偷偷摸摸，躲躲闪闪，没一天舒心的日子。现在好了，你该看清了吧？她究竟长了副什么颜色的肚肠呀！"

杨兆安将她拉到怀里，用嘴蹭着她的鬓角，道："你呀，你说话也不要这样促刻好吧？她也只是一个心愿，我又没有答应她。

李园扭着身子道："你可万万不能答应她的！你自己许下的愿，这辈子的下半辈子跟我过，下辈子的一辈子都跟我过。你要跟她合葬在一起，下辈子怎么跟我过日子啊？"

杨兆安心中暗暗吃惊：怎么？我对李园也许过一辈子的愿？！他毛骨悚然。自己激情时随口说的话，哪里一一记得分明？可听话的女人却一个字一个字地镌在脑子里，到时候便要拿出来跟自己清算。往后，可不敢再随意许愿啊！

7

次日，正是午休时分，杨兆安靠在办公室沙发里打瞌充，桌上的电话铃铃铃地响起来。杨兆安才有点睡意，便由它闹去。它好像跟杨兆安有什么深仇大恨似的，不休止地一遍又一遍铃铃铃地叫。杨兆安睡意全跑了，只得抓起话筒，斥道："总机，办公室中午休息，叫你们不要转电话进来的！"

话筒里总机小姐怯声道："杨总，是医院来的电话，说你太太……"

"快接过来，快接过来！"杨兆安拼命喊起来，捏话筒的手心里全是汗。

"兆安——"对面却是三姐的声音。

杨兆安急道："三姐，九妹她怎么样啦？"

三姐的声音平静得接近冷漠，道："九妹，一时半刻还不会走的，你放心。"

杨兆安的心扑通落回原处，恼火道："那总机怎么说病人不行了呢？"

三姐仍是不温不火慢条斯理道："我不那样讲，总机横竖不肯转电话呀！"

杨兆安疑惑道："三姐你有很要紧的事么？"

三姐叹了口气道："对你来讲大概不要紧，对九妹来讲是性命交关的事。昨天你去医院，九妹跟你讲了吧？她想做坟，你不愿意，她淌了一夜天的眼泪水。今早我去看她，奄奄一息的样子，怕死人了。"

杨兆安烦躁起来，道："三姐，你要帮我劝劝她呀。是不是惠珍挑唆她的？不好好治毛病，搞这种迷信活动，她赚钱赚昏头了是不是？"

三姐道："这回你是冤枉惠珍了，她做阴宅生意开头一直瞒着九妹的。我也是搞不懂，九妹怎么突然想起做坟的事来？她说，她说你从前跟她约定的？"

杨兆安闷掉，少许，方期期艾艾道："怎么……怎么可能约定这种事呢？"

三姐停歇了一会，话筒中只传来沙沙的呼气声。

"三姐，你，你还在吗？"杨兆安小心翼翼问道。

三姐出声了，道："兆安，我晓得，九妹走了以后，你总归是要再娶的……"

杨兆安吓了一跳："三姐，你这是什么意思嘛？"

三姐叹道："男人嘛，身边总要有个人。可九妹在这世上的日子有限了呀。你就答应她吧，给她一个安慰，让她……走的时候快活些……"三姐屏不住哭出声来。

想到这世上将没有九妹，杨兆安喉咙口咸滋滋的也不好受，他缩了缩鼻子，道："三姐，其实我也没说不同意呀，要不，下班后我再去医院弯一下，跟她表个态，她想做什么，怎么做，都由她。"

三姐的声音略昂扬了些："那倒不用的，你忙你的，我反正总要去医院的，顺便告诉她，她是误会你的意思了，好吧？"

杨兆安还能说不好吗？不用自己去面对九妹，真是巴不得呢，心里面朝三姐道了好几声"阿弥陀佛"。

杨兆安这回有了提防，决定把这一段周折瞒着李园，省得她又要不依不饶，别生枝杈，在这种岌岌可危的时候将他们俩的关系曝光出来。

再说三姐晚上拎了一保暖壶的老鸭汤去医院，九妹立马皱起鼻子说恶心，不想吃东西。三姐竟不劝，道："吃不下，等饿了再吃吧。"又道："今天中午兆安给我电话，叫我要替你把把关，不要被惠珍七缠八绕地占了便宜，生意人嘛，总归赚钞票第一。"

九妹把绒线帽拉下来盖住眼睛，气道："搞不清楚他为啥对惠珍这么有成见？我看，无非是找借口，不想跟我做合墓！"

三姐笑道："你怕是怪错兆安了。他真是怕你上人家的当，千叮嘱万叮嘱，要我代你去看地块，代你签合同。他太忙，就把买墓地的事全权托给我了。"

九妹将绒线帽捋至额头，眼珠子呼地浮了出来，声音激动得发抖，道："兆安他，真同意跟我做合墓啦？"

三姐道："他讲他跟你早就约定的嘛，你自己耳朵蒙在帽子里没听清爽吧？"

三姐这一句话便抵了千支万支人体球蛋白，九妹霎时间精神大振，眼珠子变得晶亮，面孔上也有了血色。她让三姐扶她坐起，披上外衣。三姐趁机喂她喝了大半碗老鸭汤。九妹便催着三姐去找惠珍，三姐的意思，天都黑了，明日再联系惠珍也不迟。九妹哪里还等得住？九妹断定惠珍必定还在医院里，不晓得又跑到哪个病区推销她的风水宝地去了。三姐便用手机给惠珍发了条短信：你若还在医院，速来九妹的病房！大约二十分钟以后，惠珍气颠颠地进来了，边道："什么事这么急呀？催命似的！"

三姐道："送桩生意给你，你还搭架子啊？"

惠珍盯着九妹有了些光彩的面孔，惊讶道："怎么，杨兆安他同意做合墓了？"

九妹用力点点头，眼眶里汪着泪，却咧开嘴笑着，道："惠珍，你一定要挑最好的地块给我，钞票贵点没关系的……"

三姐打断道："惠珍再要赚钱，也不会赚你的钱，她会给你打折的。"边说边朝惠珍挤了挤眼。

惠珍笑道："是啊，我若亏待九妹你了，要被三姐戳脊梁戳到死了！"

三姐和惠珍原以为这桩事口头顺应九妹一下也就过去了，却不料九妹是极其顶真的，立马提出要让三姐陪她去公墓实地考察，当场选定位置。三姐和惠珍大眼对小眼，不晓得如何发付她。

三姐想，惠珍能说会道，又跟九妹无话不诉的，便等惠珍开口。惠珍想你们毕竟是同胞手足，三姐年长，好劝服她呀，也等着三姐开口。九妹见她们不应声，急了，捶着床板道："你们有什么事瞒着我，不告诉我对吧？"

三姐无奈，开口道："你是不相信惠珍办事体啊？非要亲自去选地方？"

九妹道："并非我不相信惠珍，以后是我要去的地方，总想自己先去看看嘛。"三姐拼命朝惠珍蹙眉皱鼻咧嘴巴，惠珍只好硬硬头皮道："公墓那种地方，总归阴气太盛。九妹你刚动了大手术，气脉太弱，还是不要去那种地方为好。"

九妹凄惨地一笑，道："以后我要长住那里了，还怕什么呢？"

三姐便板下面孔，道："九妹你这般不珍惜自己，我跟惠珍，还有许多为你操心的人，都白费心思了。好吧，我去同医生讲，医生要同意你去公墓，我们也不阻挡了，无非花点气力，扛你，背你，抬你罢了。"

九妹不作声了，撩起被子盖住脸。三姐搡了把惠珍，惠珍委婉了嗓门，道："九妹，我看这样吧，隔日我去公墓拍一些实景照片拿来给你看看，你自己挑选，如何？"

九妹探出面孔，眼泪汪汪地点了点头。

惠珍隔日就拿了一叠照片过来，原来公司里拍了专门给客户看的。九妹左看右看，横竖没中意的。道："怎就没一处靠着树呢？"

惠珍扑哧一笑，道："你选定了地块，做墓时可提要求的呀。有人喜欢围一圈矮冬青，有人喜欢植几株松柏……"

九妹抢着道："我想墓后面种一棵相思树，行吗？"

惠珍略怔了一下，她搞不清相思树是如何形状的？九妹怎会想到它上面去了？也顾不得探明究竟，只顺着她就好，忙道："没问题，顾客的要求，我们都会尽量满足的。"

九妹终于选定了一处，照片上仅是块青草地，照片左下角有一组数字，便是这块地的编号。

惠珍瞟了眼那组数字，道："九妹，这号码是最靠边的。还是换一张吧。"

九妹脸上飘过影子般的一丝笑，道："我就是挑它的靠后靠边，种棵相思树，省得挡着别人家。"言语时，神情竟有些向往。

8

杨兆安自上回九妹提出做合墓的事后，愈发地不想去医院了。不想去也得去呀，他更怕被世人指作负心汉缺德鬼。九妹在人世的时间不多了，他无论如何也得把好丈夫的角色扮演到底。掐指一算，又快一个星期了，下了班便匆匆赶往医院，硬硬头皮走进病房。

九妹见着他，半张脸掩在被子里，露在外面的眼珠因情意绵绵而美丽起来。她从枕下抽出那张照片，想举到杨兆安眼前，却抬不动手臂，只好横搁在胸口上，轻轻道："兆安，这是我选的地方，你看看，合适不合适？你若不喜欢，赶紧找惠珍去换。"

杨兆安眼珠一触到照片，被火灼着般慌地逃开了。他强压住内心的恐惧和厌恶，勉强道："嗯嗯嗯，蛮好，只要你满意就行了。"

九妹用力笑道："我已关照惠珍了，墓后面种棵相思树。她说没问题的。"她有点害羞，面孔又朝被子里缩了缩。

杨兆安背脊上起了一层鸡皮疙瘩，他现在哪里还愿意与九妹一起变作一对孔雀栖息在相思树上？他是想跟活力四射的李园共度下半辈子的呀！他肚子里寻思，三姐的意思，不是让哄哄九妹开心的吗？听九妹的话音，竟是当真起来。他想，倒是要提醒三姐一下，不要弄假成真了！

九妹等等杨兆安没有言语，将面孔探了出来，道："兆安，做坟的钞票，你不用操心，不会动你的存折的。我有，是我爹妈留下来的，当年爹说我们姐妹俩一人一半，可三姐非给了我大半。"

杨兆安言不由衷道："那……怎么可以？存折里头也有你的份的……"

九妹拦断他："那笔钞票，以后女儿办事体要用到。还有，你以后——"却不说下去了，又将面孔缩进被窝。

杨兆安自然是清楚她没说出来的意思，没料到九妹是这般为自己着想，胸中便盛满了歉疚之情，酸楚楚地差点落下泪来。慌忙忍住了。

　　隔时，三姐来了，杨兆安略迟疑，决定不跟三姐说什么了。九妹当真要做合墓，就由她做吧，就算报答她一生对自己的情谊！这么一想，杨兆安神气坦然了许多。三姐从保暖瓶中盛了碗鱼汤，他马上接手，竟一勺一勺地喂九妹喝。自得病以来，九妹胃口从来没这么好过，还添了半碗。

　　杨兆安走后，三姐故意沉下脸嗔道："杨兆安喂你，你就吃得这么爽快啊？平时姐喂你，多少为难，像给你吃毒药一般。好吧，以后日日让杨兆安来！"

　　九妹忸怩道："人家今天肚皮有点饿了嘛……"

　　三姐逗她开心，食指划脸皮羞她。九妹面孔藏进被窝，哧哧地笑了。三姐也笑着，心里却是痛的。轻轻推推她，问道："杨兆安看了那张照片了？他满意么？"

　　九妹探出面孔，轻快地嗯道："我跟他商量好了，做墓就用我那笔钱。三姐，明天下午你陪我回家一趟好吧？我把存折交给你。"

　　三姐怔了怔，马上道："不行不行，没有医生批准，我不敢擅自带你出去。"

　　九妹道："早上医生查房时我跟他说了，他同意的。"

　　三姐犹豫道："这么急取钱做什么？惠珍又不会催你交钱的。真要付账，姐先替你垫着。"

　　九妹盯着三姐看了会，眼珠子忽地就黯淡了，声音也浑浊起来："姐，我还有要紧的东西要交给你，你别跟惠珍提起噢！趁我还走得动，恐怕……也是最后一次回家了吧？"

　　三姐像喝了盐卤，喉咙口咸叽叽的，勉强哽出几个字："那要不等周末，杨兆安休息在家？"

　　九妹的眼珠已沉入眼窝深处，声音便像遥远的一声鹤唳："姐——人家只想要你陪嘛！"

三姐满肚子疑问，却一句也不问了。

次日下午，三姐叫了部出租车，陪九妹回家了。

推进门去，三姐团圈转了转，不觉叹道："真看不出杨兆安还蛮会做事体的，你不在家，他收拾得蛮清爽。"

九妹不做声，她走进卧室，但见双人床上一袭秋香绿针织床罩平整得如一片青草地，两只碎花枕靠恩爱地依偎着。九妹立在床头好半天不做声——这床铺分明是她离家住院的那一日早晨亲手端整的，杨兆安从来不会这般精心打理床铺！如此看来，她离家住入医院的这段日子，他杨兆安竟没有在家睡过一宿？！

三姐见她痴呆着，只当她是恋家，故意轻松道："这床罩倒蛮别致，你挑的？还是兆安？"

九妹也不回应，径直拉开右首床头柜的抽屉，翻出一张定期存折，塞给三姐，这才道："爹妈留下的这笔钱，也算是用到刀口上了！姐，你别跟惠珍讨价还价，该付多少就付多少。"

三姐被她这一句，招惹得压抑不住心酸，搭住她薄薄的肩膀呜咽出声。九妹淡淡一笑，道："姐，那边有爹娘在，我不会孤单的。"三姐愈发地泪如泉涌，将她的肩头都濡湿了。

九妹耐心地由三姐哭停了，才从床脚褥子底下摸出一把钥匙，打开了大橱里的一只小抽屉，取出一只用黏胶纸封了口的牛皮纸信封，攥在手心，停息了一会，才双手递给三姐。

三姐蹙起眉问："什么东西啊？神神道道的。"

九妹扭过脸，眼珠落在青草地般的床罩上，缓缓道："三姐，拜托你了。待我走后，你就将这包东西交还给杨兆安……"

三姐猜度，恐怕是杨兆安当初写给九妹的情书吧？可她为什么不自己交给杨兆安呢？也不敢深究，收下了，和存折一起放入挎包。

"姐，我走后，你千万别忘了把它交还给兆安呀！"九妹似不放心，又叮嘱了一句。

9

九妹跟杨兆安的合墓真就开始动工了，一是九妹的坚持；二是惠珍内心真是愿意做成这笔生意；三是杨兆安的不反对，也不闻不问。

可是，九妹却没能等到合墓正式完工，竟就匆匆去世了，临走的时候，九妹似乎显得很平静，睡着了一般。

三姐眼皮哭得像唱戏妆一般通红，跟惠珍关照，要施工队抓紧将墓碑竖起来。等给九妹开过追悼会，好让她早点入土为安。想想，又添了一句："那碑上就刻九妹一人的名字吧，他杨兆安哪里就能守得住呢？"

惠珍拔直喉咙道："那是不作兴的，九妹的尸骨还没凉呢，她的眼珠子在上头盯着呢！"

三姐见惠珍态度坚决，心里是熨帖的，也就由惠珍去做了。

再说杨兆安因九妹去世，在李园跟前告了几天假，跟三姐一起操办九妹的丧事。心里是想着不久就会跟李园光明正大做夫妻了，也是最后为九妹尽点心，所以里里外外张罗，特别卖力气。

追悼会结束后，三姐来跟他商定落葬的日子。杨兆安推脱公司里请假时间太久不好办，落葬的事就全权拜托三姐了。杨兆安害怕面对他跟九妹的合墓，害怕看到自己的名字跟九妹并排刻在墓碑上。

从殡仪馆出来，已近黄昏。杨兆安先回自己家中洗了澡，又去美发厅剪了头发。他从镜子里看到自己，几天的忙碌，人消瘦了一圈，反倒显得年轻了几岁，愈发精神了。他终于可以大大方方走进李园家，向李园求婚了。他想象着李园雀跃着扑进自己怀里的样子，胸口胀扑扑的。他绕回公司办公室，从办公桌抽屉里取出一只天鹅绒大红锦盒，那里面是他早就为李园买下的钻戒。他决定今晚就将它戴在李园玉葱般的手指上。他想自己对九妹已做得仁至义尽了，九妹在天之灵也会理解自己的。

他兴冲冲赶到李园家，抬头望望，李园的窗户怎么是黑漆漆的？难道她等不及他就先睡了？上了楼，他摸出钥匙去开门，钥匙却横竖塞不进锁孔。他想，是锁坏了吧？便摁门铃，一声比一声重，却无人回应。他急了，难不成李园睡得这么死？便伸出巴掌呼呼地拍门，捏紧拳头咚咚地擂门，门里面始终死寂。终于惊动了对门邻居，一位中年妇女拉开房门，隔着镂空铸铁防盗门，问道："这位先生，您是姓杨吧？"

杨兆安急得冷汗漉漉，声音都走了形，一连串"是，是，是"。中年妇女便道："你别敲了，李小姐昨天已经搬走了。"

杨兆安惊惶道："她搬走了？怎么可能？为什么要搬？搬哪里去了？"

中年妇女晃了晃手，手中发出簌划簌划的声音。原来她捏着一只信封："呶，李小姐关照我，把这封信交给姓杨的先生，想来就是你吧？"

杨兆安几乎是扑过去抓住那只信封的。中年妇女打了个呵欠道："我的任务完成了。先生，你不要再敲门啰，现在什么时候了？老人小孩都睡觉了！"呼一声关了房门。

杨兆安迫不及待撕开信封，信封中滑出一张照片扑落在地。就着昏黄的楼道灯，杨兆安看得清楚，那竟是他和九妹合墓的照片。墓碑上，涂成鲜红色的"杨兆安"三个字令他胆战心惊。四肢像灌了铅般的沉重，他竟没有勇气去捡起那张照片。他摸摸信封，里面还有一页纸，是李园的笔迹，字写得潦草，一个个张牙舞爪像要吞吃了他："你既然要与你妻子生同席死同穴，我就不奉陪了！不要来找我！我马上就要成为别人的新娘了！"

杨兆安将这几句话默念了两遍，他晓得李园的脾气，也晓得是有好几位成功男士在追求她。这十年，我的心全在你身上你难道还不清楚？只为了墓碑上的三个字，你就这般绝情？不由得冷笑一声，将信纸撕碎了，由碎片在楼道中飘落。

杨兆安支撑着转回家中，只觉得头痛得像要爆裂开来，便一头栽倒在床上了。忽觉得裤兜里有硬邦邦的东西硌着大腿根，伸手一摸，便摸出一只鼓囊囊的牛皮纸信封来。他记起来了，开追悼会前，三姐将这信封塞给他，说是九妹留下的。当时因来向九妹告别的亲朋好友络绎不绝，他无暇拆看，只匆匆往裤兜中一塞。

杨兆安拧开床头灯，用剪子小心翼翼剪开封口胶纸——九妹留下的信封里竟也是照片，有好几张，都是杨兆安与李园外出旅游时的合影呀！他和李园在黄山天都峰上相拥而笑；他和李园在地中海游轮上学着泰坦尼克号男女主人翁迎风展翅的姿势；他和李园在大草原上纵马飞奔……

九妹收藏着丈夫和别的女人的合影，整整十年，却从不讯问，从不探究。

除了这些照片，九妹在信封中没有给他留下片言只语，九妹到死都没有责骂他一声。可是九妹把这些照片还给他，不啻骂他千句万句，并让他自惭形秽而无地自容。

床头柜的玻璃板下一直压着一张他和九妹黑白色的结婚照，他穿着藏青兰咔叽布的中山装，九妹穿着浅咖啡朝阳格的衬衣，俩人并排坐着，微微含笑。

年轻时的九妹容貌清丽端庄，眼神妩媚而深情款款。

杨兆安朝她苦苦一笑，原只道你厚道愚拙，却原来也有机巧之心啊。

九妹忍耐娴静，不动声色，却用她自己的办法，最终拆散了杨兆安和李园。

雾重重

有人说，女儿的心是水做的，这是真的吗？

起雾了。

乳白色的雾从山谷中汨汨地淌出，缓缓地漫上山坡，散成一片轻柔的薄纱，飘飘忽忽地笼没了整座九曲螺峰。什么都看不清了，那五彩的坡，乌蓝的谷，错落有致的近峦，清丽淡雅的远山……天地间只有白茫茫的雾，灰蒙蒙的雾，湿漉漉的雾，凉丝丝的雾。掬一把，软绵绵的；吸一口，甜津津的；踩一脚，轻悠悠的。雾从眼前横过，睫毛上挂起了一层细细的珍珠；雾从耳边掠过，仿佛母亲低吟着清缓的催眠曲；雾在身旁浮沉，身子摇摇晃晃像飘在九重云霄。

她喜欢雾。

雾裹住了身，裹住了心，裹住了视线，也裹住了记忆，宛如在梦中，到处是一片虚幻和迷蒙……也许，这些年的日子真是一场梦呢！

同学们叫她宋佩琴，妈妈叫她阿琴，龙子叫她……琴。然而在九曲螺峰岭脚村里，没人提她这悦耳的名，长辈唤她八丑媳妇，同辈唤她八丑嫂子，娃娃们唤她八丑姨姨。

头一次见到九曲螺峰时，她实在不能想像那些脸皮粗糙，手脚结实的山民们是怎样过日子的？没有车辆，没有商店，没有剧场，甚至连邮递员也难得出现……可是如今，她却也在脑后盘起了S形的发髻，用大红翠绿的绒线扎着。每天踏着石头磕啣的山路，喝着冰凉的泉水。收工后，也会弯进林子捡几朵野蘑菇，拾一把引火柴，她成了地道的山里人，而且当了母亲。

"原来是因为这重重山雾呀，隔绝了大山外万花筒般的世界。"她恍然大悟，被同学们誉为"女才子"的她，曾能背许许多多诗，古今中外的，现在几乎全忘光了，只有一段却浮雕般地刻在脑子里，任时光流逝，难以磨灭："假如生活欺骗了你，不要悲伤，不要心急！忧郁的日子里须要恬静……一切都是瞬息，一切都将会过去，而那过去了的，就会成为亲切的怀恋。"

她每天默默地咀嚼着这诗句，从前天真地编织了美丽的理想网，全撕破了，只剩下一线蛛丝般细的还系在她心环上……

"妈妈，我要带花花。"小仙扯着她的衣襟说。八丑媳妇从小路边摘了一支橙色的小花，插在小仙头上，花瓣上凝着一层雾霜，闪闪的。女儿长得很可爱，当然是像母亲啰，但山里人也有说像父亲的，因为八丑早先是九曲螺峰出名的俊后生呀。

山谷中，幽幽地飘来一阵清风，雾纱被卷起了一角，露出湛蓝的天，蓝得刺眼。八丑媳妇赶紧用手捂住了睫毛……她不想知道雾外的一切，她不想看见自己的过去，为了求得心灵的安宁，她连家信都中断了。然而，此刻她胸中却掀着十二级旋风：无音无讯六年多的曹慧忽然发来一封加急电报！整个僻静的山庄都被搅动了，惊讶、怀疑、猜测；谁是宋佩琴？八丑媳妇出什么事了？……

"旅行结婚×月×日到螺县车站接慧"

一瞬间，八丑媳妇心乱如麻，捧着电报仿佛有隔世之感。记忆被唤醒了，乐的、愁的、笑的、哭的……像电影快镜头般从眼前闪过……

"曹慧？就是那个和你一块上磨房的？那就请她上岭脚村住上几天吧。"八丑慷慨应允了，八丑媳妇却还犹疑着：她不想见曹慧，可人家总算还记着山沟沟中有一个宋佩琴，或许还算有点情分吧。而且……她打开柜门，摸着一只瓦罐，那里面盛着新茶花蜜，龙子顶爱吃的。每年啊每年，都攒下满满一罐，却总是无人递送。"今年总算能酬愿了，让曹慧带回城给他……"从岭脚村到螺县车站，要走几十里山路，翻好几道山梁，八丑媳妇出门时，乌青青的山峰还顶着三两颗珠似的残星呢。

小仙走累了，吵着赖着，八丑媳妇叹了口气，在路边青石上坐下，扳开硬邦邦的苞谷饼，哄着小仙："乖乖，等见了姑姑给你吃糖果果。"

雾重重地落下来，一层层地压住头顶、双肩、胸前，气闷，而且周身砭骨地凉，她紧紧地把小仙揽进怀里。

嘭……嘭……嘭……真奇怪，雾落下来也会发出声音么？

嘭……嘭……嘭……不，不不，这声音多耳熟呀！

嘭……嘭……嘭……是从幽邃的空谷中传来的？是打遥远的过去留下来的？是在记忆的深处发出来的？忽然，八丑媳妇像触电般地颤抖起来：是它，是它！大雾蒙住了眼，不知不觉竟走近它了！不是么？雾幔低重处，闪闪烁烁地露出几处晶亮的水纹，那正是从九曲螺峰上流下的花泉水，水势像离弦箭般地湍急，因此山里人在上面修了座水磨房。嘭……嘭……嘭……激流推着巨大的水轮旋转着，日夜不停，山坳里便日夜回荡起这单调而沉重的声音。

噢——水磨房！倘若世界上没有这座水磨房，宋佩琴决不会变成八丑媳妇的！怨恨胀痛了心房，真想放把火把它烧毁呀。"哇……"怀里的小仙忽然声嘶力竭地哭起来。"乖乖，妈妈不好，妈妈不是存心掐你的呀！"冰凉的泪珠成串地落在女儿的脸上，小仙懂事地用手掌去抹，却抹也抹不干。

原以为时间已在她和过去之间筑起高墙；原以为遗忘早把泪泉汲干……曹慧呀曹慧，当年你妒忌我、鄙视我、羞辱我，我都原谅你，可你为啥要在人心已陷入麻木的平静中时，又来扯动人痛楚的神经？若不是为了这张电报，我决不会走上这条山路的……岭脚村的人都知道，八丑媳妇宁愿多绕好些路，也不肯走那条挨近水磨房的小路。嘭……嘭……嘭……这声音像一根利针，刺穿耳膜，刺入心房，引出她长长的一线哀怨……

嘭……嘭……嘭……第一次在这静悄悄雾漫漫的深谷中听到这声音时，宋佩琴高兴地对曹慧说："多美，像大山在唱歌，我真愿听一辈子。"唉，也许这话给命运之神听见了，于是就如了她的愿。

那回，宋佩琴和曹慧是循着这声音才找到掩在古树怪石中的花泉，迷雾中，三角尖顶的水磨房像一只黑老鸹翼然临于泉上。

管磨房的老乡正沿着泉岸采金针花苞，吆喝着让她们自己进磨房干。她们很庆幸赶了个大早，不用排队耽搁时间了。很快，两大担苞谷都已磨完，而队长派工，足足给了一上午时间呢，她俩决定在泉边小憩片刻。山谷中的浓雾一团一团地溶入了淙淙的泉水中，渐渐地露出了幢幢的绿影彩斑，这神奇的雾团哟，简直像在吟一首无字的抒情诗……她们惬意地坐在泉石上，把手伸进滑溜溜的水中，互相嬉戏地撩拨着对方。

女孩子总是最敏感的，不知从哪时起，她们觉得有一炷目光投在她们脊背上了。悄悄地扭转头瞄一瞄：原来是那位管磨房的老乡，坐在磨房门槛上，正远远地望着她俩。

宋佩琴总认为人家是盯着她看的。山里人说，也许是山林灵气熏陶的缘故，林场的女知青都越长越漂亮了。而最耐看的还是那位留齐腰长辫的，眼睛不大，鼻梁也不挺，看着却叫人像喝了杯甜酒般的有滋味，特别是当她笑的时候，宛如一片浴在月光里的轻云。宋佩琴很喜欢承受别人欣赏的目光，知道自己扭着腰身时，两根长辫子甩悠甩悠地很吸引人的。

于是她双手掬起一捧泉水，盖头盖脑地朝曹慧浇去。曹慧生气了，要泼还她。宋佩琴赶紧踩着泉水中的石块逃开，趁势轻巧地扭起了腰身。眼看曹慧逼近了，宋佩琴"咯咯"笑着要跳上岸，沾满绿苔的卵石很滑，脚踝一歪，扑通跌进水中……

"哎哟，鞋！"后搭攀的白塑料凉鞋从脚上滑脱，像一条小银鱼呼地钻进水涡中。宋佩琴又尴尬，又懊丧，呆立着不知如何好。曹慧幸灾乐祸地喷她："活该，谁让你爱显美啦？"曹慧从不服气人家说宋佩琴是林场最美的姑娘。

幸亏，那位管磨房的老乡见义勇为地从湍急的泉水中捞起了那只精巧的鞋，送过来了，走起路来一跛一跛的。宋佩琴怀着谢意迎上去取鞋，尽管赤着一只脚，仍没忘记保持身姿的优美。走近了，然而……"啊——"她情不自禁尖叫一声，蒙住脸转身就跑。

"又发什么哆劲呀？"曹慧截住她，她无法回答，因为她看见了多可怕的一张脸呀：独只眼，左额还卧着条蜈蚣般的伤疤……后来才听人说，管磨房的是岭脚村一对老夫妇的独养儿子，叫八丑。也许，就在那一刹那间，月老已朝她抛出了红线……

八丑媳妇猛然打了个寒噤，不知从哪来的力气，一下把小仙驮上背，快步如飞地插进山坡上的岔路，仿佛有鬼在身后撵。直到山崖挡住了嘭嘭的水轮声，她才停下步，直喘气，鼻尖额角渗出了细珠般的冷汗。

雾渐渐地溶化，渐渐地稀淡了。花泉在脚下扑腾腾地淌着，闪闪烁烁像大山脖子上的一条银项链，这哪儿是一泉水波呀，分明是一脉清香，香得醉人。定睛看，斑斑驳驳浮在水面上的竟是无数黄白花瓣，呀，原来钻进了桂花坞，密匝匝的桂树笼在薄雾中，把风都熏香了。八丑媳妇像喝醉酒一样耳热心跳，眼花脚软……

眼前是纷纷扬扬的金雨银雨，丹桂的黄花瓣，银桂的白花瓣，在山坡间飘洒飞旋……打桂花的日子是林场最美丽的时光，姑娘们在桂林中铺开了一张张竹篾编的席子，小伙子们用细长的青竹竿敲打着桂树的繁枝密叶，金雨银雨便淅淅沥沥地落起来，拂满了姑娘小伙们一头一身……

宋佩琴扭着好看的腰肢送茶水来了，"加了蜜的，甜水。喝一口，甜一辈子呢。"她的声音和笑脸却比蜜水还甜，"一人一碗，没多的啦！"可是龙子偏偏喝干一碗又要舀一碗。佩琴心想，许是渴坏了，便把自己那碗省给了他。她看着他喝得蜜水从嘴角沿着颈脖直淌到小山般的胸膛上，扑哧笑了起来。原来他喝水，眼睛不看碗，却盯着自己呢，佩琴心口像闯进了一头小鹿。收工的时候，他俩有意无意地落在人群后面，然后悄悄地钻进桂林深处。

"龙子，蜜茶水甜啵？"

"甜，可没你……心甜。"

"瞎说！"

"真的，不信，让我尝一口！"

"不给！"说不给，可身子不由自主地挨近了，还踮起了脚尖……啊，龙子，龙子，全林场多少姑娘都向你投来爱慕的目光，曹慧想你想疯了，梦里都叫唤你的名字。她偷见了我们在桂林中的一切，恼怒得几天不和我说话……

"妈妈，你又哭了，你怎么又哭了呢？"小仙钩紧她的头颈，贴着她耳根轻轻问。八丑媳妇心慌意乱地抹一把泪，狠命扯断记忆的思绪，拖起了软绵绵的脚脖。

钻出桂花坨，便登上了九曲螺峰峰顶。雾散尽了，青蓝的山峦一下子拥在眼前，她觉得头晕目眩，口舌苦腻。七拐八拗的山脊，弯曲盘缠的峡谷，构成了一只巨大的螺壳，九曲螺峰便由此得名。在那螺形岭谷的底部，青色浓郁处，涂着几抹炊烟。岭脚村，那就是自己一生的终点站么？

说起来自己也不相信，宋佩琴第一次踏进岭脚村，竟是由当初看都不敢正眼看一眼的八丑领进村的。常去水磨房辗苞谷轧面，全靠八丑帮着卸筐装篓的。八丑从不闲着，空时采金针菜、掘水竹笋、挖野百合、敲板栗壳……佩琴很眼馋，她知道金针菜是炒素什锦最好的佐料，百合绿豆汤最压火消暑了，笋干烧肉，栗子炖鸡都是上等好菜。要是、要是……姑娘的自尊心使她难以启口。八丑虽只有一只眼，却会摄人心境，当他默默地把一大包笋干塞在谷筐里时，佩琴又惊又喜，连声道谢。她没在意自己和八丑站得很近，一点不害怕地看着他的独眼和斜斜的伤疤。八丑的脸阴沉得像深幽的夜谷，是褐色的肤色掩盖了笑意？还是额上的伤痕破坏了笑容？

酷夏，妈妈写信来，说爸爸病了，背脊上生了一只疖子，肿得碗口大，睡不好，吃不香，佩琴接信哭了一场。上磨房时，她鼓起勇气主动跟八丑说话了。

"老乡（她不好意思叫他八丑，太不礼貌了），有没有百合呀，家里人生疖子，想败败火。"

八丑阴沉地回答："山疙瘩里有的是，掘吧。"

宋佩琴怔住了，这沟套沟，湾连湾的，上那儿去掘？ 直到八丑背着竹篓，拎着弯锄，一跛一跛地向深山坳走去时，她才明白：原来是他自己去掘。她心里感到很过意不去，不由自主地脱口说："哎——那那……我陪你去吧。"是嘛，人家腿不好使，至少该帮着拎拎篓子吧！

幽谧的深山坳，长年横着灰蒙蒙的雾，使山林绚烂的浓色变得雅淡了。回肠般的小路上铺着厚厚的枯叶，沙沙的脚步声引起很响的回音。宋佩琴忽然感到了恐惧：僻静的山坳，出了什么事叫人都叫不应呀。想着，浑身便冒出一层冷汗，后悔不该跟八丑一起进山坳，万一他……宋佩琴偷偷地放慢了脚步，和八丑拉开一段距离，悄悄地，捡起一块石头藏进口袋。八丑都不和她说一句话，也不抬头看她一眼，仿佛身边没有她存在似的，一门心思地寻开了。宋佩琴稍稍松口气，不过，每当她调开视线去观看林子里的花儿草儿，便会觉得有一炷目光投在背脊上。霎时，像被人从衣领里灌进了滚烫的开水，她感到脊梁上火辣辣地痛。可每当她迅速转回头时，八丑又总是在拨着、挖着，那低着的头似乎从未抬起过。"偷看，还假正经呢。"她暗暗地笑了，一种被人欣赏的乐趣使她忘记了害怕。

兴许，八丑是受过土地爷的指点，那一丛丛交织盘缠的枯藤杂树，经他一拨弄，总会冒出一朵两朵白生生的百合花来，东掘西掘，就挖出鲜嫩嫩的百合了。竹篓渐渐地装满了，暮色也悄悄地升起了。

"够了够了，老乡，回去吧。"佩琴催着八丑。

"那条暗谷里有更大的呢。"八丑用手指着一条黑黝黝的谷说。

"不，不用了。"恐惧倏地又攫住了佩琴的心：要上那么深那么黑的山谷去，他想干什么？！

"再掘一些吧！"八丑已抬脚往里走了。

"回去！我要回去！"佩琴大声叫，猛地转身就跑。

"嗳——等等，等等……"八丑叫着，追着。

佩琴听见他一脚重一脚轻的脚步声逼近了，心像要化成烟似的着慌。一步踩了个空，她摔倒了……完了，她看见八丑朝她弯下了身，吓得失魂落魄地尖叫起来。

"你，你走错路了。"是八丑阴沉的声音，说罢，他背起背篓，朝左拐去。佩琴满面羞愧地爬起来，颤悠悠地跟着他走，不一会，便攀上山脊了。啊，云边挂起一弯比自己眉毛还细的银月，像一位纤纤少女依云而卧，佩琴忽然很想亲吻一下这弯娇美的月。

妈妈又写信来，说很感谢那位帮忙掘百合的老乡，还寄了钱，让佩琴买点东西答谢人家。佩琴就在林场小卖部买了一双球鞋，塞进了八丑的背篓，因为她看见八丑四季老穿着一双露趾的烂布鞋。

林场的姑娘都知道她有门路搞到时鲜山货了，纷纷来托。八丑说："上咱村去问问吧，家家户户都有存着的。"于是，宋佩琴便踏进了埋在九曲螺峰峰底的岭脚村，她结识了八丑的爹娘，一位弓背的老汉和一位脸皮像核桃壳般的老妇，他们围着宋佩琴像看画儿似的瞄了老半天。她一律称他们"老乡"，受着他们盛情的款待：蜜糖茶，嫩黄瓜，山梨、草莓，还有那一炷灼人的目光……

"唉——"八丑媳妇深深地吐了一口气，她觉得心口像长了层霉菌般的龌龊。草叶上的露珠都干了，时辰已不早，三天一次的班车是没有准时间的，快下山吧。

小仙第一次看到三层的楼房和商店的玻璃橱窗，新奇得像喜鹊般喳喳地问个不停："妈妈，这就是奶奶说的月宫吗？妈妈，那冰罐罐里的糖果果我能吃吗？……"八丑媳妇顾不上回答女儿的问题，她自己也陷入了迷惘之中：螺县车站变得不认识了。小仙有多大，她就有多少年没上这儿来。还是送龙子回城那天来的……

那时站台前还是一片杂树林，宋佩琴躲在丛林深处，透过繁枝密叶的缝隙看站台上人群中的龙子。回城的人都是兴高采烈的，可龙子却若有所失地望着远山出神。他是不是还在怀念桂林中的……他看见她托人带给他的信了么？没有诉说苦衷，没有乞求原谅，只录了宋朝严蕊的一首《卜算子》："不是爱风尘，似被前缘误。花落花开自有时，总赖东君主。去也终须去，住也如何住。若得山花插满头，莫问奴归处。"宋佩琴的泪，像山泉般淌着，默默地呼喊着："别了，别了，我的爱。我要在干涸的心田里掘一个深深的坑，永远永远把你珍藏在里面……"她为什么不能扑到龙子怀中痛痛快快地诉一诉离情呢？！

……风言风语早就像浓雾般地四下弥漫了。走到那儿，都有人点着她的背喊喊嚓嚓地说些什么。有一次，从八丑家出来，听得隔壁大娘打着哈哈对八丑妈说："老婶子，前世修来的好福气呐，仙女下降你家啰！"佩琴却一点没在意。

在桂林里约会时，龙子脸色铁青地责问她："为什么老往岭脚村跑？"

"嘻嘻，你天天吃的蜂蜜，寄回家的笋干、茶叶从哪儿来的呀？"佩琴甜甜地笑着反问。

"那为什么要送人家球鞋？为什么要跟人家钻进深山坳？"龙子狠狠地晃着她的肩膀。

佩琴很震惊：这两件事她只跟曹慧说过呀。她猜不透曹慧为什么要告诉龙子，她更想不到妒忌有时是最狠毒的。佩琴只能用她无限的柔情来打消龙子的怀疑……

龙子箍紧她的腰，忧心忡忡地说："琴，原谅我，我怕失去你呀！"

佩琴温顺地贴在龙子的胸膛上："这怎么可能呢？咱俩起誓吧，生生死死不分离……"

为了安龙子的心，佩琴几个月不踏进岭脚村了。

开春，工调回城名单公布，有宋佩琴，也有龙子，可把他俩乐疯了！含泪笑着整理行装，龙子絮絮地憧憬着未来的幸福，佩琴觉得全身每个毛孔都被爱情充满了，一个念头悄悄地在心中冒起：要是能买到龙子爱吃的新蜜带上该多好！她竭力赶走这念头，却办不到。"悄悄去，不告诉任何人，买到新蜜就回来。"她暗暗打定了主意。

……"啊啊，长久不来了呢，都当你病了。"八丑爹娘见了佩琴，像熟石榴般地笑裂了嘴，八丑一跛一跛地倒茶端凳子。他们拿出了最好的新蜜，还有茶叶、笋干、花生、赤豆……装了满满的一背篓。

"吃了晚饭再走吧，叫八丑送你上岭。"

佩琴实在抹不开脸呀。墨云在山顶聚集着，她担心地祈祷着："老天……"

老天真是铁打的心！没等佩琴祈祷完毕，便把天河水向地面尽情地浇泼下来，闷雷就掼在土屋边炸裂，无数根雨鞭猛抽着佩琴的心。

"宿夜吧，明天一早叫八丑送你上路。"

佩琴执意推却过，可他们说，雨水冲断了山路，出不去了！佩琴呆呆地倚在门旁，望着墨缸般的山林，狠命咬着自己的手指：要是龙子寻我怎么办？给别人知道了会怎么说呢？佩琴的心像拴在游丝上的石磨。

　　她和衣躺在里屋的竹榻上，砭人肌骨的寒气使她几乎麻木了，身子飘悠悠像沉入万丈深渊，恐惧、担忧、焦虑……像一座座黑黝黝的山峰向她头顶压下……啊，山谷中隐出了许多龇牙咧嘴的妖魔，向她扑来，撕烂她的衣衫，掐住她的脖子，勒得她透不过气……"妈呀——"她惊醒了，"嘎吱吱……"一声门枢响，幽暗的豆油灯影中闪进了八丑。佩琴吸口冷气，呼地坐起身，颤声问："你……做什么？"

　　八丑阴沉着脸，石雕般地站着，手中捏着一双鞋——佩琴答谢他的新跑鞋！

　　"说呀，丑儿，你说呀……"隔着门板传来低低的催促声，是他爹娘。八丑张了张嘴，却吐不出一个字。

　　"你……深更半夜的，快出去！出去！否则我要喊了！"佩琴的心急速地跳着，伸手抓起了桌上的茶壶。八丑喘了口粗气，猛然掉头冲出门……这一夜，佩琴再也没敢合上眼。

　　盘盘叠叠的九曲螺峰呀，难登难攀，可耸人听闻的流言却能像清风晓雾般霎时间跑遍每一条山坳。

　　傍晚时分，佩琴背着满篓山货，拖着疲惫的身子回到林场。她发现熟悉的人们都不跟她打招呼了，都用厌恶的眼光看着她，像躲避麻风病人般地远远地避开她。"这是为什么……"她胆战心惊，好容易挨到宿舍门前，看见曹慧挑眉斜眼地站着。"慧，昨晚我在岭脚村……"

　　"我知道！混得不错呀！"曹慧讥讽地打断了她，冷冰冰的声音像一把闪着寒光的刀割裂着佩琴的心，她惶恐得透不过气来。

　　"哼，骚货，不要脸！"曹慧一拂袖跑了。佩琴使劲用手捂住嘴才没有哭出声，她跌跌撞撞走进屋，一眼就看见她的素净的床单上被人用墨汁写上了一行大字："狐狸精，你的山货花了多大代价？！"……血液凝结，呼吸窒息，她扑通摔倒在地上。

　　"龙子，啊，龙子，我的亲人！"一道闪电从她脑中划过，佩琴刷地站起来了，迅速从背篓中找出两罐新蜜捧着，朝龙子宿舍奔去……我要把一切都告诉他……她要把一颗无瑕的心捧给心爱的人看……

可是，她在龙子宿舍的窗前钉住了，她听到曹慧的声音飘出来："……一夜没回来，人家亲眼看见八丑钻进她屋里……"

天哪！她扑到窗棂上，看见龙子脸色惨白，两眼发直，她的心一阵阵绞痛，不顾一切撞进屋，扑到龙子跟前喊着："龙子，龙子！"龙子抬起眼睛盯着她，眼神像一块冰。佩琴哆嗦了一下，赶紧捧出新蜜罐，声泪俱下地说："龙子，你听我说，你听我说呀……"

"还好意思解说呢，"曹慧冷笑着，"告诉你吧，领导上已把你的工调名额取消了，明天上午开批判会……"

犹如五雷轰顶，佩琴眼前一片漆黑……忽然，龙子从她手中夺过了新蜜罐，狠狠地朝地上摔去，"咣——啷——！"佩琴被震醒了……

"贞洁"与"少女"，仿佛从仓颉造字起就是同义的吧？

半夜里，佩琴独自在夜雾沉沉的深山中徘徊，她神志恍惚，步履踉跄，好像得了场重病。脑子被人掏空了，什么都没有，胸口被人塞满了，恶腥腥想吐……没有人相信她的表白和申诉，没有人给她一星同情和慰抚，只有尖刻的嘲笑、凶狠的斥责，还有龙子……他的比冰还冷的眼神……她悔，她怨，她恨哪！

雾，在黑沉沉的山谷中恣意地翻腾；峰，在雾的滔天波浪里无力地摇晃。

眼前是断崖，脚下是深渊……如果就从这儿跳下去呢？什么痛苦、烦忧都会消失的。也许，飘飘荡荡地就像仙女上天一般有趣吧？与其含垢忍辱地活着，还不如化为深山中的一片洁白的雾……试一试吧，身后还有什么值得留恋呢？她向群山张开了双臂……

魂魄悠悠地在阴世地府转一圈，又回到她的躯体上……佩琴昏沉沉地醒来，睁开眼，呀，结着蛛网的屋顶，黄土驳落的泥墙，闪闪幽幽的豆油灯，还有那小丘般的弓背和核桃壳般的皱脸……"岭脚村！"她吓出了一身冷汗，挣扎着撑起身，要往门外走。

"……你，千万不能寻死呀！"老汉老妇死命拖住她，"姑娘，绝崖下连尸骨都难找呢，亏得丑儿盯得紧，把你从石缝里抱上来了……宽宽心吧，六月三，我们替你到观音庙里进炷香……"

佩琴清醒了，放声痛哭起来。

老汉老妇忙着倒热水、绞手巾，喃喃地说："姑娘，林场待不下去，就上咱家吧……"

像是谁在她心中篷地点了把火，烧得胸口隐隐作痛，"不，不不！"她有生以来第一次这样狠地举起手，打翻了脸盆，打落了毛巾，"我要出去！你们，你们坑了我呀……"老汉老妇拼命拦住她，一把泪一把鼻涕地说："姑娘，发发善心吧……咱丑儿苦呀，讨不到媳妇，绝子绝孙，人家都这么咒他……他好苦呀！"

"……山里老规矩，女孩家送礼，便是定情了，丑儿把你送的鞋藏着，天天看天天看呐。"

"……你看看咱丑儿早时的相片，可俊气么？是为了救社里的牛，摔成这模样的……他真苦命哟！"

…………

哭哭啼啼的话像高空中洒下了断断续续的毛毛雨，一丝一丝地飘进佩琴的耳朵，她胸中的火一片一片地被浇灭了。

"八丑，出来！不是说好的吗？出来呀！"

里屋拖出了一瘸一拐的八丑，看不清他丑陋的脸，高高大大的身架像座小山峰。他到底是可怕的凶神还是善良的弥勒佛？！

"跪下！八丑，跪下求、求……跪呀！哎呀，快跪呀！"

扑通！佩琴吓了一跳，八丑真的跪下了……

唉，要不怎么说女儿的心是水做的呢？

"妈妈，看长龙，快看，长龙来啰！"小仙欢叫着，拖着八丑媳妇的裤腿。八丑媳妇擤一把鼻涕抬起头，果真，火车吐着白气靠站了。

螺县，只有在分省地图上才被画上淡黄的一点，慢车也只停靠三两分钟，上下客往往仅有两三位。

八丑媳妇一眼就看见曹慧，好漂亮！水绿的春秋衫，浅灰的绒线衣，还有那一头波浪型的卷发，比六年前还年轻六岁……自惭形秽，八丑媳妇没勇气上前招呼。这时，车上又下来一位英俊的男子，米色的外衣合体地裹着宽宽的肩膀，"哦，这一定是曹慧的新郎了。"她羡慕地看着他亲昵地替曹慧理着被风吹乱的额发。

"哟，都是你，偏要带这么多肥皂白糖，真把人沉死了。"曹慧娇嗔着。

"你不是不知道，山里人稀罕这些。换土产山货，比花现钱划算多了，说不定还能弄上些银耳……"

"算了算了，烂山货，非要转道上这山沟沟来一趟。你当我不知你的心？还不是想见见你早先的情人……"曹慧噘起了嘴。

"嗳嗳，又吃醋，又吃醋。我哪还会惦着那种下贱的女人？不早对你说了，主要想通过她弄点木料，铺铺路，把你调出生产组。"

"想的容易……"

"我有把握，凭我当初跟宋佩琴的交情……"

天哪——！八丑媳妇的心像被枪弹击中，哗哗地淌血了。他，他他他原来是龙子！眼门前，树断、路转、天昏、地暗……"嘣！"她清清楚楚地听到，那系在心环上蛛丝般细的一线……扯断了！身子犹如秋山落叶，飘呀飘呀……

"怎么搞的？宋佩琴还不来？难道没接着电报？"曹慧又在撒娇了。

"等等吧，九曲螺峰的山路难登难攀嘛。"他殷勤地安慰她。

八丑媳妇咬咬嘴唇，痛！神志还清爽，"幸亏，他们已经认不出我了。"她低头瞧瞧自己一身沾满尘土、颜色灰旧的布衫，看看膝前光着屁股，拖着鼻涕的小仙，又摸了摸陷进去的像茶树皮一般粗糙的面颊，她深深舒口气，苦苦地笑了笑。

"妈妈，找姑姑要糖果果呀。"小仙仰头说。

八丑媳妇蹲下身，从篮中取出珍藏着的新蜜："乖乖，把这给那姑姑送去，妈给你买糖果果。当心呀，别打碎了。"

小仙捧着蜜罐，扭扭摆摆地走到曹慧、龙子跟前，"姑，给呐。"

"什么呀？"曹慧嫌小仙脏，用手帕捂住鼻子。

"蜜，甜蜜蜜！"小仙歪着脑袋喷着嘴回答。

龙子打开盖看了看，惊喜地叫："好蜜，多少年没吃了呢？"他从袋里摸出一块巧克力糖塞给小仙，奇怪地问："喂，小姑娘，谁让你送来的呀？"

小仙紧紧捏住巧克力糖，"妈呀妈呀"地叫着往回跑，龙子也跟着小仙走过来了……八丑媳妇紧张得透不过气，她抢前几步，一把抄起小仙，飞也似的逃入了进山的小路。

"妈呀，看，糖果果！"

"臭，咱不要！"八丑媳妇从女儿手心里掏出那块巧克力，猛力甩进了草丛。"哇——哇哇……"小仙哭了，"我要糖果果嘛……妈妈坏，还我糖果果嘛……"八丑媳妇伤心地贴着女儿的小脸，哄着，劝着。

波浪般的群峰迎面扑来，八丑媳妇默默地却是狠狠地向着大山起誓：一定要把小仙养成……人！怎样的人呢？决不像她爷爷奶奶般地愚昧，更不能像车站上那两位般地庸俗、自私……也许，也不能像自己这般软弱吧？

她，向着长年漫着雾的山谷走去。

何处无芳草

　　吴柳和我在一个生产队里蹲了六年，可以说是合一副心肠的密友了。那时候我们在农场都小有点名气，我会诌几句"春风吹，泉水唱"的顺口溜让小分队的业余演员去念，她则在大批判栏上写得一手好字，又因为有一张极标致的面孔，所以特别惹人眼。我和吴柳是同一年调回上海的，那时我们俩都已年近三十了。吴柳分在一家百货商店的塑制品柜台上当营业员，装束渐改，愈发地出挑了。于是她踌躇满志地挑男朋友，听说介绍的人络绎不绝，几乎每个晚上都有一次约会。我因为醉心于温课考大学，无暇顾及其他，与吴柳便渐次疏远了。次年夏天的一个傍晚，我与丈夫去南京路新华书店淘书，经过那家百货商店，忽然想起了吴柳，顺便拐进去望她。

　　塑制品柜台前生意十分清淡，几个营业员叽叽呱呱地闲谈，吴柳并不加入，独自坐在柜台前，一只手托着脸庞，垂着眼皮望着柜台玻璃里自己的影子发呆，依然俏丽的脸上重重地罩着惆怅。

　　"喂！"我久别重逢地大叫了一声，搡了她一把。她迷惘地抬起眼，陌生地看着我，片刻才淡淡地笑起来："是你呀，还么疯。今朝怎么有辰光逛商店？找我有事？"

　　"想你了呀。你怎么样了？该发喜糖了吧？"我说。

她殷红的嘴唇动了动："不要瞎讲。"眼珠迅速地朝同事们睃去。我马上敏感到她必有不想为人所知的隐秘，也不便追问，一时无话，搭讪着："你母亲身体可好？"

"马马虎虎。"她无味地答着。我看见她的眼睛朝我左胸衣襟上别着的校徽扫了一下，又斜了一眼我体魄高大的丈夫，脸上顿时兜起了一层淡漠而自傲的神色。她心里想什么唯有我知道，我便也无味起来，礼节性地再问了几句，就告辞了。

过了许久，一个偶然的机会我又路过那爿百货商店，不经意地走进去，想起遇上吴柳话不好说，欲退，她却已看见我，唤着："哦哟，早把我忘了吧？"我十分惊奇她的情绪如何高涨得很？她已迫不及待地告诉我："我要出国啦！正想找个空到你家报喜呢。"

"噢？去读书？"我不无羡慕地问。

"折腾了半天，还是办的探亲。"

"还回来吗？"这是一个普通而敏感的问题。

"去了再说，看情况。"她爽快地答。

她的那种起死回生般的兴奋使她显得惊人的美丽，就像一张晚秋的枫叶，焦红焦红，令人担忧着它的飘落。

吴柳走了，一去两年不归，都说她决不会再回来的，早嫁人了，中国女子嫁外国丈夫，如今也是一种时髦。我一直想找她母亲讨个实讯，怎奈总归忙，直到有机会去美国访问的前夕，才下决心抽一个晚上去了吴柳家。

因为我是吴柳的老朋友，又听说我马上要去美国，吴柳母亲收起了那套在人前说女儿时惯用的夸张的自得和炫耀，而露出深深的忧虑。

"她寄娘的儿子介绍她到一所半工半读的美容学校学了一年，如今在一家理发店当化妆师。钞票是有的，我怕这种地方不清不爽，柳儿又长得太好……"

"吴柳比我大一岁，今年快三十四岁了。吴柳她……成家了吗？"

"哪儿哟。有人给她找过一个对象，是个美国人，不知怎么地不成功。"吴柳母亲忽然压低了声，轻轻地说："最近柳儿来信，说是有了中意的，是从台湾来读书的。真真愁死人了！"一脸的心事重重。

"只要吴柳满意，我看不会错，吴柳是有眼力的。"

"哎呀，要嫁个美国佬，倒也给我添些光彩，偏偏挑中个台湾人，柳儿和你最知心了，到了那边见着她，千万劝她，要嫁宁愿嫁外国人的。"

我勉强应了她，心里不知什么地方在七撬八裂地难受。

我们在纽约的日程安排得十分紧凑，我挤了个空给吴柳挂电话，接电话的竟是个男子，说普通话，让我惊愕。他说吴柳还在上班，他一定会代我转告她的。他没做自我介绍。

半夜里，我已朦胧入睡，性急的电话铃把我闹醒，吴柳的声音在话筒里嗡嗡地撞击着，我想她大概是一边蹦着一边说话的。

"你来啦！太好了！真想你！想死了……呜——"忽然哭起来，泪水冰凉地浸着我的耳朵。我的心霎那间变得如同棉絮般柔软，从前那么矜持那么冷静那么高傲的吴柳，是从来不哭出声的。

我们约定了周末见面，狠狠地聊它一个通宵。"我请你吃大菜，还有……哦，不说了，到时候让你吃一惊！"说着她"咯咯咯"地笑个痛快，从前她是笑不出声笑不露齿的。

放下话筒，我品味着吴柳说话音调的抑扬顿挫，频率的缓急轻重，推测着她的打扮、她的神情，不觉亢奋，一夜无眠。

我起先一直以为我与吴柳重逢时，会互相喊着对方的名字拥抱在一起的，但是这激动人心的场面没有发生。当我看见嵌在门框里的吴柳时，发现她十分得体地胖了一廓，穿着白色的大衣，描着银蓝的眼圈，扣子般大的钻石耳垂衬得她整张脸闪闪烁烁地艳丽。我知道，我是无论如何不能与她拥抱的了。果然她也没有失态地扑上来抱我，我们只是互相拉住了手，她的手凉得很，像捏住了几条小蛇，滑溜溜的。

那个夜晚是像诗一般值得吟诵的。纽约蒙来特旅馆十二层楼的窗户外，密集的灯与密集的星，是一副奇特的现代派巨画。我们掇着沁脾的果汁，絮絮地忆起在农场的时光。在守林的竹棚里，也曾看见许多许多的星，但那幅画是淡泊而悠远的，眼前这幅是强烈而躁动的。吴柳问了许多许多老同学的近况，过去，这些人她是不屑交往的，此次都亲近起来。我坚持要她说说自己，她说了，说了自己的工作，蛮有意思。她用双手拢起发，凑着镜子要我看她脸上的妆化得如何？我当然是恭维的。

"不错哪，吴柳，这也是一门艺术，如何让人的青春常驻……"

"哦哟，我可受不了，你呀还那样，什么事都爱诗化一下。实在点说，我只愿老板不解雇我，过几年弄张绿卡……"她悠然地靠在沙发上，"有一幢自己的小洋房，有一辆自己的小汽车，有一个可心的……男人！然后，舒舒服服地爬年龄吧！"

我惊愕地看看她，像是有一管洞箫呜咽地唱一曲轻松的歌，愈发地叫人揪心。我并不想评判她的人生观，随着脸上皱纹的增长，我的宽容也增长了。一个人要寻找到自己的那个生活目标是要经过许多折磨和痛楚的，总归是有他（她）的缘由的。我悄悄地掩饰了自己的尴尬，装作随便地问："接电话的那位先生……哈哈，还是你自己坦白吧！"

她耸了耸肩，颇为得意地做了个遗憾的表情："呀，你知道了？我还想让你大吃一惊呢！"又坦诚地望着我："我妈跟你说的吧？她气了吧？你也觉得有点不可思议吧？"

"你妈宁愿你嫁个蓝眼睛高鼻子。"我笑了。

"我妈是为了她的面子找女婿的。"她也笑了。

"你妈说你轧过一个蓝眼睛高鼻子的男朋友。"

她优美地叹了口气，"是的。"

"后来呢？"

"没有后来。"她眨眨眼，"头次见面他就要亲热，我害怕了。"

"亏你还想在美国定居呢。"

"他跟寄娘说，他离过两次婚，西方女子独立感太强，所以这回就要找个温顺的东方老婆。"她瞥了我一眼，"我想，也许我会让他失望的，趁早断吧，就断了。"

"你那位台湾人是干什么事的？教授？开公司的？"

她皱起眉瞟了我一眼："托盘子的，餐馆里的Waiter。"

"别骗我了。"

"我干吗要骗你？"她顶撞了一句。

"一定帅得很吧？"

"和我一般高！"她脸上已显出很不高兴的神情。

"好了好了，别开国际玩笑了……"

"我没开玩笑，认真着呢，是你把人看扁了！"她愤愤地说着，眼圈也红了。

"吴柳，我怎么得罪你了？"我慌慌地问。

"在国内的时候，人家也都这么指责我，眼界高啦，挑花眼啦，可有谁理解我？！连你都以为我是冲着人家的地位和外貌寻上去的……"她抽了下鼻子，"我再俗气，也不至于俗到这般地步，耽搁了这么多年，就是想找个情投意合的……"

"吴柳，吴柳，是我问错了，我道歉，好不好？"

"唉——"她忧郁地叹了口气，"别怪我要发火，你不知道，跟他好，我自己的决心也不牢固，钱和地位，毕竟是十分实际的东西。刚才我听你那么一问，心寒得要命，怕自己会动摇，才耍脾气的呢。人家请你来了，就想找你聊聊，鼓鼓劲的，我以为你是大学生，总能少点世俗气啵……"

十分的感动而且夹着几分的羞愧，我解嘲地说："都是凡夫俗子嘛。

不过，我想我能理解你的。"后一句是真心实意的。

于是吴柳点点滴滴、絮絮叨叨、颠三倒四地向我说起她的许多许多，从前我们在乡下六年说的话加起来还没这回多。

第一眼看到纽约时，你有没有一种近乎昏眩的感觉？也许你没有，你是来访问的，贵宾，背后头有无比坚固的靠山。我可惨了，存心背井离乡来寻找新生活的，背后是海，前面也是海。走出机场，簇簇拥拥的蓝眼睛黄头发把我搅得眼花缭乱。在国内，我算是领导时装新潮流了吧？自我感觉姿态仪表都算得上上乘的，你还记得我临上飞机时穿的那套玫红的套裙吗？特意仿着香港时装杂志上的样子做的，送行的人都说"一级"！可一旦跻身于纽约机场的人群中，我一下子自惭形秽起来。要命的是人家也并不穿得如何华贵，叫人羡慕的是人家那种自若的神气，不见衣服只见人的神气，而我觉得自己只剩下那套衣服了。老实告诉你，打那以后我再也没穿过那套衣服。

"这不奇怪嘛，一个人猛不丁换了一种完全陌生的文化背景，总会产生一些无从嵌入的、措手不及的惶恐与自卑。"我眯起眼，非常理性地安慰她。

我出着一身又一身的冷汗，忽然在人群中捉住了一张中国人的细目淡眉的脸，我像抓救命稻草般地向她扑去，喊："寄娘！"

寄娘笑盈盈地启动涂得厚厚的嘴唇："柳儿呀！"

我盯着寄娘痴痴地发呆。

寄娘是我妈年轻时的好友，我叫她寄娘，却只在照片上见过她。我原以为她应该和我妈一般老态了，没想到寄娘是如此的丰腴而光彩。她穿一件淡紫镶花的袍式连衣裙，不染发，尽它一头银丝波浪型地梳向脑后。眉修得齐整而细腻，翡翠绿的耳垂压在两颊，清清亮亮地把眼角嘴边的皱纹都洗淡了。我心中一阵阵地为我妈悲哀，看年轻时的照片，我妈比寄娘好看得多。寄娘没生女儿，我妈便慷慨地把我过继给她了，这样我便有了到美国探亲的机会。我妈是爱我的，因为爱我愿我幸福才狠心割舍了我。母爱是无私的伟大的。而我为了自己过得快活就把我妈孤独地摔在小弄堂里的那间陈旧的厢房里，我是自私的卑鄙的。

"柳儿，你养得真嫩呀。"寄娘打量了我半天，啧啧地说。

"柳儿，你要参观参观这飞机场吗？比上海虹桥机场气派得多了。去看看机场小卖部？要么到机场的咖啡厅去坐坐？"寄娘说。

"寄娘，不了，不了，早点回去吧。"坐了二十二小时的昼夜颠倒的飞机，我只想喝一口热汤面，蒙头睡一觉。

"玩玩嘛，玩玩嘛。再过两小时，银美坐的飞机就要到啦，我们顺便带她一起回家。"寄娘又说。银美是寄娘小儿子的老婆，银美的娘家在台湾，她是回台湾探亲去的。

于是我心里极无味，但看上去兴趣十足地跟寄娘逛机场里的商店。"这胸针不错吧？以后你可以买一只。这皮鞋不错吧？以后来买一双。"寄娘一边看一边向我介绍。我应着。

好不容易挨过了两个钟头时光，从台湾来的飞机到了。我们急急忙忙地赶到出口处。

"哦！益明已经来了。"寄娘松了口气。益明是寄娘的小儿子。

益明从银灰色的小轿车中钻出来，焦急地问："看见银美了？"

"来来来，先认识一下，这就是我的过房女儿，叫吴柳，益明，是你的妹妹啰。"寄娘说。

益明很快地笑了一笑，和我拉拉手，又问："银美下飞机了吗？"

"没看见，我以为你已经找到她了。"寄娘说。

益明转身跑进机场大厅，玻璃门在他身后咣咣地弹着。同时，另一扇玻璃门被撞开，一个抱孩子的妇女转了出来。

"妈，哎呀，你们怎么在这儿等？我在里面一个熟面孔都找不到，只好花钱请人搬行李了。"那妇女冲着寄娘喊，火气大得很。

"哦哟，银美，益明刚进去找你……你等息息，等息息呀。"寄娘忙不迭地也冲进玻璃门去了。银美拉长脸，给抱着的孩子擦嘴擦手，那孩子刚吃过什么，满嘴满手的醒腻。因寄娘没介绍，我也不好上前搭讪，只悄悄地打量着她，她浓妆艳抹，人长得娇小而媚俗。

过了一会，寄娘和益明出来了。益明从银美怀里抱过儿子，亲得吧砸响。银美娇滴滴地说："这孩子一分钟不停，我可是累得要命呀——"

"银美，来认识认识，这是我过房女儿，叫吴柳。"寄娘讪讪地笑着说。

"噢——就是从大陆来的呀——？"银美的眼珠骨碌碌地在我身上转，当时我真想转过身给她一个大脊背。

因为我行李多，加上银美的行李，汽车后盖都合不拢了。我看见益明的粗眉稍稍皱了一下，心里便一挫！

总算都塞进了汽车，银美抱孩子坐在前座，我和寄娘坐在后座。汽车开的时候，也许因为我，大家都很少说话，要说也说极简单的话："亲家身体好哦？"

"好。"

"台北还是老样子吗？"

"差不多。"……

我偶尔瞄一眼反光镜，就碰上银美的眼珠，她一直在观察我。

你替我分析分析，寄娘是为了接银美而顺便来接我的呢？还是为了来接我而顺便来接银美的？我知道是前者，但我宁愿认为是后者，那样我心里的自信心会多些。

"你总算不错了，我在报上看到，有的留学生刚下飞机，来接的亲戚就径直把他送到餐馆打工去了。"我说。

吴柳略一思索，也点头称是。

　　凭良心说，寄娘对我是真心好。我看得出她也很寂寞，益明成天在公司里忙，银美成天围着儿子转。寄娘从结婚起就开始当太太，不会烧菜，不会侍弄孩子，不会织毛线，年纪大了，眼力也差了，小书和电视都看不长久了，只好空坐着。我来了后，她有了唠叨的对象，所以像蔫了的败花又活了过来。头几天，寄娘每天带我逛纽约城，地铁乘得烂熟了。每逛进一家商店，寄娘就说："以后给你买什么什么……"中饭和晚饭我们通常是在快餐铺买一只"热狗"和一纸杯可乐，寄娘说省时间，我知道还省钱。"热狗"里加些芥末很辣口，多吃几回就倒胃了。寄娘拼命问我："好吃吗？"我总是答："好吃唻。"回到家，银美说："妈，冰箱里有肉，有面包，有牛奶，你们自己弄来吃。"寄娘就说："不用了，我们在外面吃啦！"银美又说："妈，天天请干女儿客呀！"寄娘就高兴地呵呵笑了。日子多了，我觉察出些名堂来，寄娘跟银美说话总归带点讨好的味道，银美跟寄娘说话总归神气活现。连孙子也对寄娘颐指气使。后来从闲话中我一点一点明白了，寄娘和寄爹来美国后申请了美国政府的养老金，经济不宽裕，寄爹又有旅游的瘾头，所以生活还得靠儿子补贴的。

　　我和益明之间总归亲近不起来，寄娘让我叫他二哥，我叫他，他总显出很别扭的样子。他天天早出晚归，归来时满面倦容，一副厌烦一切的神情，我根本搭不上腔。再说我知道我投奔他，他完全是顾着寄娘的面子才收留我的，我在他面前总有股寄人篱下的自卑。银美当然更是趾高气扬了，仿佛是她养活了我。不过她倒是有闲空与我说话，经常像偷袭似的猛丁问："你在大陆拿多少工资？"我据实回答，她便像听天方夜谭般惊诧地叫："那么少呀？怪不得你那么瘦！营养不好！"气得我心发抖。说实在，我初到美国一下子瘦了十斤，忧虑、思乡，吃不香、睡不宁，哪能不瘦？银美还十分注意我的装束与打扮，我换每一套衣服她都要上来捏捏料子，评论一番款式的陈旧与过时。有一天，寄娘乐颠颠地告诉我："银美要送给你礼物呢，走，上她屋里去，上她屋里去。"我到美国还是第一次跨进银美的卧室，我看见宽大的床上堆了一摊衣服，花花绿绿的。银美说："这些衣服都还八成新呢，送给你的，你挑自己喜欢的穿，不喜欢的托人带回大陆随便给谁吧，我都不想要了。"她好慷慨，好得意，好小看人哪！哼，你那套审美观我还看不上呢，这种衣服我一点不喜欢！我想说，咬咬牙忍住了，淡然而谦恭地笑笑："谢谢，银美，我心领了，可我比你高许多，穿不下的，你留着送别人吧。"银美愣了一愣，寄娘搡搡我："拿着嘛，银美不在乎这点。"我说："寄娘，大陆这几年时装变化像万花筒似的，我有穿的了。"说完话，我极礼貌地再道谢，退出银美的房间，下楼时我觉得肚子里醒醒气排出了不少，脚步也轻了。

"这下你和银美的关系可僵了吧？"我有些担心。

哈——你猜错了，打那以后，银美突然待我亲热了，也随便了。

寄爹终于从西南部的亚利桑那州旅游归来了，他被那儿神奇的峡谷和森林迷醉了整整一个月。寄爹可是个帅老头，瘦高个，长方脸顶着一头纯白的发，像座美丽的雪峰。寄爹的肤色漆黑，透着阳光和风雨的气息。我妈告诉我，从前的寄爹可是国民党军队中一名年轻少校呢，寄娘因为迷恋他的英武才抛弃学业嫁给他的。1949年，寄爹带着寄娘去了台湾，人老了，退伍了，才随儿子来美国定居的。寄爹是个沉默寡言的人，一家人围着他问长问短，他却很少出声，可他却没忘了给每个人带回一件小礼物，寄娘是一条印第安人的线围巾，益明是一条宽宽的牛仔皮带，银美是一条绉纱的睡裙。真没想到他也给了我一件礼品，那是一根镀金的项链，坠着飞马形状的银挂件，我实在感谢寄爹，他没小看我。

那天晚上银美动手做了几个中国菜，寄娘说，寄爹在外应酬吃洋菜，回家来只想吃中国菜。银美做的是青豆炒鸡丁、蘑菇炒鱼片，还有粉丝肉末汤。哦——到寄娘家后这还是第一次吃可口的饭菜，我饿慌了，用勺在盘子里急急地扒着米饭和菜，盘勺发出叩击声，银美刷地扫了我一眼，我开始紧张起来，添菜时又忘了换公勺，寄娘忙替我舀菜，说："我来我来。"我脸烘烘地烧起来，饭菜也无滋味了。我搞不明白既然吃中国的饭菜为什么不用碗筷？日后寄娘慢慢地都告诉我了，这也是寄爹的规矩，吃么吃中国菜，餐具一概是西式的。晚餐后，寄爹洗了澡，又到客厅里，还把益明、银美都叫来，说，都来听听柳儿讲讲大陆上的事。寄爹不住地发问（寄娘悄悄地说，好难得呐！），北京城里的宫殿还都在吗？长城还那么长吗？曲阜的孔庙拆毁了吗？常人能进去吗？还有古长安城呢？还有南京孙先生的陵墓呢？……我疙疙瘩瘩地作答，他频频叹息，对益明和银美说："你们都没见过哪，吾中华几千年文明，洋人只有望洋兴叹的份，伟哉大哉，思哉叹哉……"轻轻摇着头，沉醉得十分专注。寄爹出浴后换了件中式的长衫，夹在洋装笔挺的儿子媳妇中显得有点滑稽，也有点可怜。益明厌烦地说："好了好了，耳茧都听出来了。中华那么伟大，可你还是要住在人家的国土上，你回去嘛，你回去试试看，住三天就让你骂祖宗了。"寄爹神情一下子黯淡了，弓起身连连地咳嗽。不知为什么，我心里隐隐地痛起来，而且一直延续了很久。

"你寄爹真是个小说人物，奇异的极端化合体。"

银美背后数落他是摆在公寓里的古董。我却不由得敬重寄爹，听寄娘说，他在攒钱，打算回大陆观光一回，都快七十的人啦。可惜我这个身份、这般处境不能为他做些什么，只时常陪他聊聊天，说说大陆的情况。

周末，一家子上馆子吃饭，这是寄爹的习惯，让老美看看中国人家的天伦之乐。看得出益明夫妇是极勉强的。寄爹问我想吃什么菜，我捡最便宜的说："面条！"寄爹说："益明，到洪老板店里去。"寄娘告诉我洪老板在台湾时就与她家相识了，那儿的面汤是很有点名气的呢。

洪老板是个矮壮的汉子，看见寄爹一家子的确热情得火辣辣。这家面店挂着"洞庭春"的招牌，红漆锃亮的圆台面，湖蓝的墙布，描金漆餐具，环境十分宜人。一人点了一碗汤面，又点了几样凉菜，味道相当淡雅。紧挨着我们隔壁的一张桌边围坐着几位穿黑色或深灰色西服的中国人，操不标准的普通话，点菜时，跟招待借打手势啰嗦了半天，因为招待都只能说广东话。洪老板站在一边与寄爹扯闲话，邻桌的人听出他是老板了，便有一人站起来与洪老板搭讪，递上一包红牡丹，洪老板抽了一支，又递上一张名片，洪老板眯起眼瞄了瞄，塞进上衣兜里，去跟招待关照了几句。片刻，招待为邻桌添上了几只凉菜，洪老板说："请尝尝，这是本店特色，我请客啦。"那几个人吃得连连称赞，风扫残云。离席时，为首的那个还跟洪老板握着手说笑了一番。他们出了店门，寄爹问："熟客呀？哪儿来的？"洪老板一撇嘴说："那个土样，还看不出？大陆来的代表团嘛！"我只觉得自己的脑袋轰地一声响。银美说："你看他们，西装里蒜皮似的一件又一件毛衣，嘁——"洪老板又说："这种人近几年我见得多了，口袋瘪塌塌的……"忍着，忍着，我关照自己，可身子不知怎的就弹起来了，筷子落在地上，哗啦一下响极了，我转身就往店门外跑，因为我感到鼻根和喉头都是酸的和烫的泪，憋不住了。我站在店门口，面对着一个红红绿绿霓虹闪烁的神秘世界，我不知我该怎么办！我觉得无限的凄凉，一股愤懑冲击着我的胸膛，我不知道气谁，是气那洪老板吗？好像不，是气我自己！当时我真是恨自己，我突然明白了自己是多么卑下和渺小，就像你们背后说我的那样……

"我背后从来没说过你什么，吴柳，我能懂得你和许多出国的人……"

你不会懂，连我自己也不懂。在国内时，我平常没少发牢骚，怨国家穷，怨政策不开放。可到了美国，我才发现我是那样地爱我们祖国，听不得半点说大陆不好的话，就像指着我鼻子骂我娘似的怒不可遏！

我们默默地看着墨蓝的夜空，看着遥远遥远的天际，混混沌沌的一团。我们互相知道对方在想什么。

寄娘跑出来把我拖进餐馆，洪老板跟我道歉，说："吴小姐哪像大陆来的？上海人毕竟不同凡响。"我狠狠地翻了他一个白眼。

好了，跟你说说宪明大哥吧。宪明是寄娘的大儿子，按理说应当是这个家庭顶重要的人物，可他却独自住在离曼哈顿有两个小时汽车路的布里尔克利夫庄园街，快四十的人了，仍独身，问寄娘为什么？寄娘支吾不清，而寄爹似乎对这个儿子深恶痛绝。

关于我的归宿问题在寄娘家中引起了不愉快，益明二哥明白地告诉我："探亲签订有效期间我们家欢迎你，过了这个日子嘛……不是我不讲人情，我们入美国籍时都是宣了誓的，不能做违法的事。"我懂了，探亲期一过，我在这儿是住不下去了。寄娘是跟我妈作过许诺的，所以她一直忧心忡忡地为我打算盘。那个蓝眼睛高鼻子的男朋友就是寄娘托人介绍给我的，这件事结束以后，寄娘遗憾了半天。先是十分地怪我没本事，后来不知想到了什么，突然兴奋得声音都走调了："哦哟，我真笨，我怎么没想到宪明呢？宪明，对，一定能成……"我摸不着头脑："寄娘，宪明……是大哥吧？"寄娘非常神秘地对我说："你宪明大哥人可好啦，他一定会……给你想办法的！"寄娘瞒着寄爹给宪明打了电话，宪明就开车来接我了，汽车在门外叭叭响。寄娘帮我梳头，满意地上上下下打量了我一番，说，"好了，去跟你宪明大哥玩去吧，宪明不踏进这屋的，都是你寄爹……"寄娘猛地闭上嘴。寄娘曾告诉我，宪明大哥是他们全家第一个到美国来闯荡生路的，勤工俭学读完大学，又取得了硕士和博士学位，在美国站住了脚，然后一步一步地把弟弟和父母都接到美国来了。宪明大哥理该是这个家庭的功臣，寄爹却为什么与他生分了呢？

宪明大哥穿一身雪白的西装，修长而潇洒，看上去倒像是益明的弟弟。他在一家极有名气的医药公司里当研究员，已拥有好几项新药专利权了。

"吴柳，快上车，我们今天要踏遍曼哈顿。"宪明与我头次见面，却像是相识已久的老朋友。寄娘在一旁看了用手绢捂着嘴笑，寄娘的神情总有点奇怪，一定怀着什么心思。

汽车在宽阔的高速公路上急驶，沙沙沙沙，车轮发出轻微的摩擦声，温习的风从车窗拂进，晕乎乎地畅快。

真奇怪，跟陌生的宪明大哥说话，我竟毫无拘束感，心境平和，洋溢着一种温馨，想怎么说就怎么说了。

"吴柳，对美国印象如何呀？"

"当然很好……不过，我处处感觉到自己在这里只是个客人。"

"哈哈哈哈……"宪明大笑起来，然后很感兴趣地看着我，"嗳，你今年二十几？别骂我冒昧啊。"

"我的心噗噗地跳起来，强作无所谓地答："老了，三十二了。"

"哦——"他惊讶地睁大眼，"一点都看不出，银美比你年纪小，看上去却比你大。"

我好像预感到什么，心里紧张得不得了。说实话，我第一眼看见宪明，就喜欢他，而且我知道寄娘的心思。

"我父亲天天跟我们说中华民族的伟大，说大陆上的物宝天华、人杰地灵，他之所以想移居美国，很重要的一点是想有机会回大陆看看。"

"噢——"我突然发现宪明与寄爹从相貌到神态是那么相像。

"前几年，从报上知道了越南人侵犯大陆领土，我真的想到大陆去参军，跑了几次中国领事馆，人家说不需要，才作罢。"

我痴痴地望着宪明十分漂亮的脸，要不是他亲口对我说，我怎么也不会相信会有这种事，他在美国有着那么高档的工作，那么舒适的生活，他什么也不缺少了，他究竟是为了什么呢？我不能理解他。

"这两年，从报上知道大陆上经济改革轰轰烈烈，给我讲点具体的吧，譬如，城市中的厂家企业是否像农村那样实行责任制了？个人发明的成果有没有专利权？"

"这……我不很清楚，这种事是头头们的事，我嘛，只是一个小小的营业员，只知道站柜台……"

"那你就说说你们的商店！"

天哪，我对那商店那柜台早已厌倦到憎恨的地步，来美国后我是决意想把它从记忆中抹去的，我能对他说什么呢？我的脸刷地红了。

他见我沉默，先是疑惑地看看我，忽然叫了一声："哦哟，我懂了，我懂了！请你千万别误会，我不是想打听什么经济情报，我，我完全是出于对大陆形势的关切……"

"不不，我不是这个意思。"我吓了一跳。

他十分沮丧地摇了摇头："别解释了，我懂，我是在台湾长大的，大陆人对我们确是有十分的警惕，这是一幕多么可笑的悲剧，正应了曹子建的诗，本是同根生，相煎何太急？"他的话中有着重重的愁绪，我忽地感到有一股惆怅像茧丝般缠住了我。

汽车默默地驶了一段，阳光在车窗上幻出奇妙的色彩。

"啊，你生我气了吗？我自己也生自己的气了。好了，我们谈谈别的。"宪明生性的豁达与宽厚让我马上从尴尬中解脱出来了。"我有一个打算，跟你说说，你看行不可行。"

我觉得血往脸上涌，心里十分盼望他说些什么……

"你知道，我是研究药物的，已经有好几个专利了。我想，能不能在大陆上找到一家医学院或者医院，他们愿意接收我，我就到大陆定居去。我希望我的智慧能为我们民族增添光彩，能成为历史上第二个李时珍，便是我梦寐以求的了。"

我盯着他看了半天，他的神情不像是在开玩笑！

"你要去大陆？放弃这里的一切？"

"当然！"

"不行的，不行的，你肯定要后悔的！"

"为什么？"

"生活水平相差许多呢，没有空调，没有小轿车……"

"生活清苦些我不在乎的。"

"你一定过不惯的，还有许多……人事关系……"

他沉默了片刻，"我就担心这一条，所以我极想了解改革的进程……"

不知怎么的，我对他那种亲密无间的感情浪潮渐渐地平息下来了，我发现他是个很特别的人，也许，并不会与我相处得很和谐。

宪明不再说话了，打开了车里的录音机，让我大大地吃了一惊，满车厢里竟响起了"向前、向前、向前——我们的队伍向太阳……"八路军军歌！

"呀，你怎么会有这支歌的录音？"

"我收集了许许多多大陆的革命歌曲，我挺喜欢听，再放一首。"他换了盘磁带，"我们走在大路上，意气风发斗志昂扬……"跟着音乐的节奏，他轻轻地哼着，那强烈的音符一粒粒像小石子掷着我的耳膜了，久违了，这些气势磅礴的歌曲，让我模糊地想起曾经有那么一个时代，充满着战歌、口号、红旗……看着车窗外的摩天高楼，真如隔世一般。

宪明大哥问我是否能写信给家里人，托他们再替他买些这类歌曲的磁带，我告诉他，如今大陆上极少有这种磁带了，倒是有许多美国乡土乐曲和台港歌曲。他十分遗憾地摇摇头："为什么没有了呢？不是很好听吗？有气势，有节奏，在某种地方与美国的摇滚乐有相似的魅力。"

啊，我亲爱的宪明大哥哟，你究竟是怎样一个人？！

天将晚时，满街的霓虹灯金蛇狂舞般大放异彩。宪明大哥带着神秘的笑问我："咱们不上馆子吃晚饭了，到我家去，随便买点什么吃吃，好吗？"

我慌得不敢看他的眼睛，他带我上他家的用意我能不清楚吗？我却鬼差神使地点了点头。

车子便轻巧地驶上了高速公路。车开得很快，人像在飞。暮色中，高速公路上盘踞着两条车灯的长龙，一条是白色的（前车灯），一条是红色的（车尾灯）。我的心越来越盼望着什么，也越来越紧张了。

终于到了布里尔克利夫庄园街，车子在一幢淡绿色的洋房前停住了。宪明大哥轻快地开了门，引我上二楼，一边走，他一边喊了起来："琳达，来客了！"

我以为琳达是女佣之类的人，心暗忖：宪明还怪阔气。踏着楼梯上轻柔的棕色的地毯，想象着往后自己将成为这淡绿色房子的女主人，兴奋得竟有些头晕了。

二楼的楼梯口站着一位披着金发的美国女郎，穿一件豆绿的曳地长裙，碧蓝的眼睛像两潭池水映照着明媚的月光。她就是琳达？让人怀疑是森林里出来的白雪公主。

"琳达！"宪明大哥欢快地呼叫，这叫声里充满着的情感突然使我明白了一切，我像被一盆冰水浇了个透彻，靠着扶手，浑身一点点地僵硬起来。

这以后发生的事我都记不大清了，做梦一般。似乎琳达做了可口的饭菜，可我一点没吃。似乎还参观了他们的房间，可我一点记不清了，隐约有一片绿色的记忆，那是一个淡绿的梦，然而梦总是做不长的。

我了解了宪明大哥的一切，他与那个美国女郎相爱并且同居了，寄爹为此恼羞成怒！寄爹要宪明讨个"规规矩矩"的中国姑娘做老婆，他不喜欢琳达，甚至不允许她上家门！可是宪明大哥却爱琳达爱得发疯，于是父子便成了陌路人。我百思不解地捉摸着，那么相像的父子俩却又有截然相反至水火不容的地方，人哪，可真是万物之精灵。寄娘一厢情愿宪明能够爱上我而甩了琳达，我成了多么卑鄙的人了。我决意不再见宪明大哥的面了，默默地祈祷他和琳达幸福。

宪明大哥真是个好人，后来，是他帮助我进美容学校学习，并为我租了一间房间，假期里又介绍我到一家中国餐馆打工挣钱。在他的帮助下，我从寄娘家搬出来，开始了独立谋生的日子。我感激宪明大哥。

吴柳的眼睛在星光的折射下显得既透明又深邃，那里面含着许多人生的悲欢。她沉浸在那个美好而伤心的淡绿的梦中。

"喂，该说说你那个台湾人了，主角登场，总归要有许多烘托与陪衬。"我转开话题，让她醒悟。

老白吗？哦，人人都叫他老白，因为他很显老，额上电车路密密麻麻，下颏胡须黑楂楂的。和他的人一样，他的故事没有什么诗意，挺烦人的，你要耐心听。

骊山酒家在克莱姆勃斯大道上颇具盛名，老板治店有方是众所周知的。他成功的秘诀中有一条极关键的：雇佣的店员中决不能有相同国域的人，以防串通一气；店员的佣期决不宜过长，以防倚老卖老不好管教。店里原本有三个招待，台湾来的老白，韩国的金枝，大陆的小曹。近日掌勺大厨新开了一道菜叫"金丝白玉蓉"，素净可口，颇受青睐，顾客陡然增多，招待兜不转了。宪明大哥拜托的介绍人关照我，千万别说是大陆来的，就说是香港的吧。我不肯，我干吗要假冒香港人？我当时冲着老板说："我是从大陆来的！"横着心想，不要拉倒！没想到老板一口应下了我，介绍人背转身说："你这人有福气，老板竟为你破了他的店规。"

金枝是个纤细柔弱的姑娘，小曹架着副眼镜，浑然一介书生，老白……说老实话，刚进店，我最不在意的是老白，背着他都道不出他的模样。有活干的时候，大伙相处挺好，干完活一声"bye bye"，各不相干。累是累，心里清清爽爽，头挨枕头就做梦。尽是实实在在的事，分小费啦，送顾客啦，有一天倒是梦到老白，不过换了个模样，十分英俊，像宪明，醒来后心里怅怅然了半天。

老白待人诚恳，我刚去，他确实很照顾我，不过，他对金枝，对小曹也都很照顾的呀。真的，要说清那过程，就像要捕捉雾一般。有这样几件事。

每次我进厨房给客人端菜，大厨总要与我开玩笑，大厨从前也是从大陆来美国的。大厨说，"吴柳，常对我笑笑吧，我手就来劲了，包你的客人吃上菜叫好。"大厨已经五十多岁了。我知道我笑得很好看，那何必不给人家笑呢？有一天，老板在店堂侧门候着我，说："吴小姐，请你稳重一点，这儿不是舞厅。"我一吓一惊一失手，菜盆从托盘里滑到地上，发出清脆而惊人的咣啷声。这一天我白干了，工资抵了赔款。回去的路上，心里飘过一阵凄凉，无助的寂寞。晚秋纽约的大街上，风疾疾地在高楼的夹弄里掠过，透人心的凉。有人替我披上风衣，出店门时，我竟忘了取风衣。是老白，他望着我，我感到人间的温暖，眼眶与鼻根一阵麻辣辣的热。老白口拙，少言语，不过脸部十分生动，我才发现的，心里的情都在眉宇间演出。那晚他请我上咖啡馆。

店堂里来了三条黑人汉子，吃得油光满面，嘴一抹，走了，不留分文小费。是金枝的客，她委屈得泪汪汪，老板每天只给十元工资——黑吃黑，谁让我们都没居留证？招待们就指望小费撑口袋。大厨说："黑汉子在白人餐馆吃不开，专拣黄皮肤饭店耍威风。"

"下回遇上我，让他们知道黄皮肤也有威风！"老白低低地说。老白一向话少的。

隔几日，黑汉子果然又来，冲着金枝咧嘴笑，金枝吓懵了。老白冷冷地笑着迎上去："先生，请！"

那三条汉子促狭得很，觉出什么了，竟然一人坐了一方桌子。老白拉一把小曹，小曹也怕，不愿干。我硬硬头皮揽了一个，老白对付两个，递水端菜，服务仍旧周到。待结账，我直瞄老白。见老白一步横在汉子面前，瞪着眼咬住汉子贼亮的眼珠，客客气气正色道："先生，请多关照！"手指嗒嗒敲了敲桌子。汉子毛烘烘的手伸进衣兜，摸出一枚一分硬币，当啷一声，清脆地摔在盆里，然后扬长而去。另两个汉子嘻笑着也掼下一分硬币，勾肩搭背地走了。老白抓起一分钱追出店门，朝黑汉子的背狠狠掷去！

"老白，"老板大声呵斥，"你怎么能这样待客？！小费给得少，怪谁？怪你们自己服务不好。败坏骊山酒家的名声，你担当得起吗？"小费不关老板痛痒，他只顾赚大钱。

老白脸上没了血色，咬着牙把两个字砸在老板脸上："可怜！"我为他捏了把汗。

过了几日，店里又来了个新加坡女招待。人手不缺，老板不会无端添人，于是人人心里笼上了阴云，不知谁要被炒鱿鱼了。

"老白，都是你，何必与黑皮计较？"小曹推着眼镜埋怨。

"老白也是为我打抱不平呀。"金枝可怜兮兮地说。

"不干你们的事，要走我走！"老白瓮瓮地说。

大家提心吊胆地看老板脸色，有两日相安无事。第三日，金枝没来上工！

"下了工，大伙一起去看金枝。"老白黑着脸关照着。

我们跑到金枝的住处，她正哭作一团，小脸蛋肿得像鹅蛋。

"老板叫我不用去啦，呜——我，我还欠了人家的债，呜——呜——"金枝哭得昏天黑地。

老白脸涨得像红布，捧起金枝的脸，勾起食指弹掉她的泪，"哭什么！老板太欺侮人，我们不能由着他耍，得给他点颜色。"

"别再惹事了，要不是你冲撞黑汉子，金枝也不会……"小曹咕哝着。

"小曹你是条汉子不？"老白瞪着眼问。

"怎么啦？"小曹皱皱眉。

"我们来为金枝出这口肮脏气，明天，我们都不去干活，集体辞工，看他如何应付那么些顾客！"老白说着兴奋起来，眼珠子闪亮。

小曹沉吟不语，眼镜把他与我们隔开了。金枝喘着气又哭了起来。

老白调过头看住我，我虽不是汉子，又心痛这点工钱，可是我不能让人家觉得自己是个无情无义的小人呀，说到底，我不能让人家戳脊梁骂大陆来的都是软骨头！我说："我干！小曹，我们一起干吧。"

"曼哈顿岛上几百家餐馆，总有我们干活的地方。小曹，你干，我保证一个月内帮你找着工作。你不干……"老白的手指捏得咔咔响。

"好，我干。"小曹应了。金枝不哭了。

第二天中午，四个人跑到骊山饭店对面的快餐厅，美美地聚了一餐，为友谊天长地久干杯，为各人今后的运气祝愿。大家将各自另谋出路，并相约，任谁先寻到工作都要设宴请客。我们酒足饭饱地走出餐厅大门，老板正站在骊山饭店门口气汹汹地盯住我们，我们畅怀笑着，笑给老板看，好不解气。人生此时好快活。

失业后，我并不敢去麻烦宪明大哥，只像个无头苍蝇在曼哈顿岛上乱窜，赔笑脸求人，两天了，没门路。晚上，老板给我打电话了："吴小姐，我是很欣赏你的，你若能复工，我可以给你双份工资……"神气活现的老板低声下气求我，我着实心动，却忍住了，不做软蛋的志气顶住了对双份工资的欲望，"谢谢关照了，老板，可我已找到工作啦！"放下电话，一面为自己骄傲，一面也为那钱懊丧起来。

又过了几个困惑与焦躁的日子，一天凌晨，电话铃慌乱地响起，拎起话筒，老白的声音像从天上飞来一般："吴柳，我替你找到差事了，在皇后区的一家餐馆，你明天就去上工吧！"

"啊！啊你呢？你呢？"我抖抖着声音，激动得要命。

"我还能找到的，你明天去上工！"

"啊，啊，小曹呢？金枝呢？"我不忘朋友。

沉默，像断了线路。

"喂喂，老白，老白……"

"你别管他们啦！"忽地又吼起来，"听清楚了吗？皇后区，××大街××号，找薛经理！祝你走好运！"

呱嗒！老白断了电话，我怔怔地呆了半天，旋即欢喜起来，明天又可上工挣钱了！我忍不住给金枝打电话，金枝在话筒里支支吾吾了半天，突然嘤嘤地抽泣。

"你怎么啦？你要愿意，我把这份差事先让给你好了。"

"吴大姐……对不起……"金枝边哭边说："我又回骊山饭店了……"

"啊？！"我简直不相信自己的耳朵，我们是为她而辞工的呀！

"实在对不起，我要钱……小曹来拉我，他说，老板答应给双倍的工资……"

金枝的话像万箭射进我耳朵，我听见自己的心狠狠地撞在肋骨上，痛得直嘘嘘。我没等她说完就揿断了电话，心中发誓：与小曹、金枝绝交。我又给老白拨电话，可是老白的房东说：他刚走，他退了房间，他说他离开纽约了。我的心刷地落入一口深不见底的井中，世界像是一片空寂。

我很难理清当时自己的情感与思绪，是羞辱？是愤懑？是委曲？是惆怅？在美国的留学生和各种非法或合法的移民中时兴这么一种说法：大陆来的人聪明，对付一个大陆人很难，不过两个以上的大陆人在一起，对付起来就容易多了，他们会自行消耗。我后来才明白过来，老板之所以肯同时收下我与小曹，正是应了这种说法。这也导致他事后会来收买我，不成，又去收买小曹，在小曹身上他胜利了！我背负这种难言的痛苦，孤独地过了一段日子。大约是有了半年多时间，老白突然又出现在我面前，还是老样子，老成老成的，沉默沉默的。有时，时间的阻隔反而能促进人与人之间的亲密感，你说是吗？总之，当老白哼哼唧唧地告诉我：他闯荡了半个美国，积了一点钱，他准备自己开个餐馆，他想和我结婚，在这个世界上，两个人过总比一个人好……我没有大吃一惊，也没有扭捏的推却，我马上答应了他，我们俩手拉手相对看着，很平静，好像很早双方就约定了似的。

哦，这段爱情不够浪漫是吗？我早过了浪漫的年龄，我需要的就是实在。老白人可靠，而且他不像宪明有许多不切实际的幻想，他的目标不高，可都能通过努力达到。我累了，希望有个憩息的港湾。我选择他的时候，压根没有考虑他是台湾的或大陆的，在这块土地上，他只代表他，我也只代表我，两个独立的人结合了。当然，人的背景是割不断的，将来的事，总是能应付的，何况还是两个人！

"吴柳，能让我见见老白吗？"

"明天……"她看看白了的窗，"哦，今天中午，我和老白请你吃饭。"

"吴柳，祝你幸福。"我绾住她的肩。

吴柳脸上掠过一丝影子般的笑，那是岁月的影子。

"我带老白去拜访了宪明大哥和琳达，为那一段淡绿色的梦写下了句号。寄爹寄娘给了我一笔钱，我实在是敬重那两位老人的，我要像待亲父母一般地待他们。银美来找过我几次，自从我搬出她家，她反而与我亲近了。她骂我傻，挑了老白。她说若她是个自由身，她一定找个高鼻子蓝眼睛。言语间有无限的惆怅。我为益明二哥难过。好了，现有唯有我妈还顽固地不同意了，你听了，了解了，回去做做我妈的工作。老白说，过几年回大陆看丈母娘，还带我去台湾见公婆。"

蒙来特旅馆十二层楼的窗户外，玫瑰色的晨曦中，是一派高楼的海，楼海外是大洋，大洋的尽头是陆地，陆地的尽头又是海……

"吴柳，世界真大呀。"我伸了个懒腰。

"人生真短呀！"吴柳站在窗前，修长而淡然。